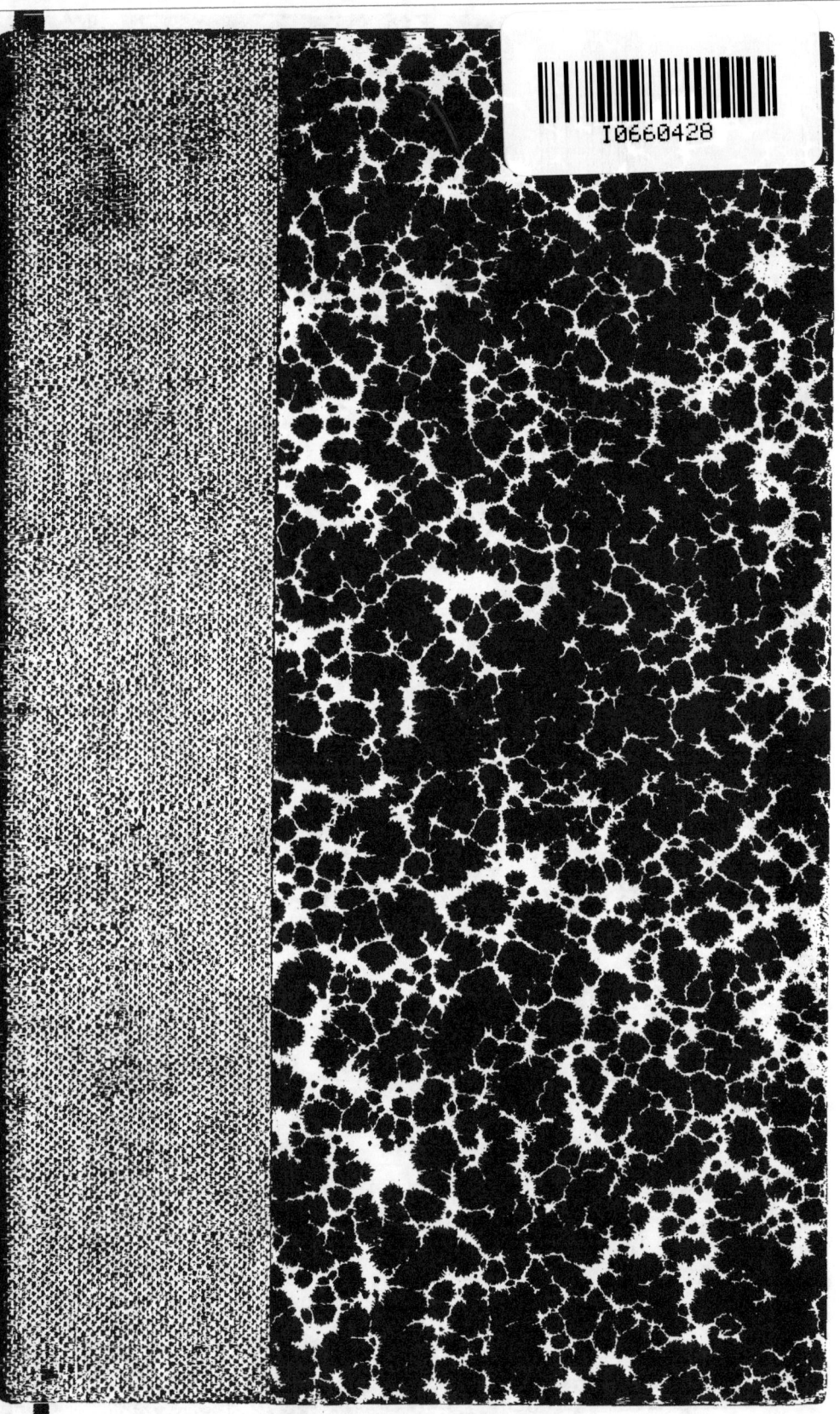

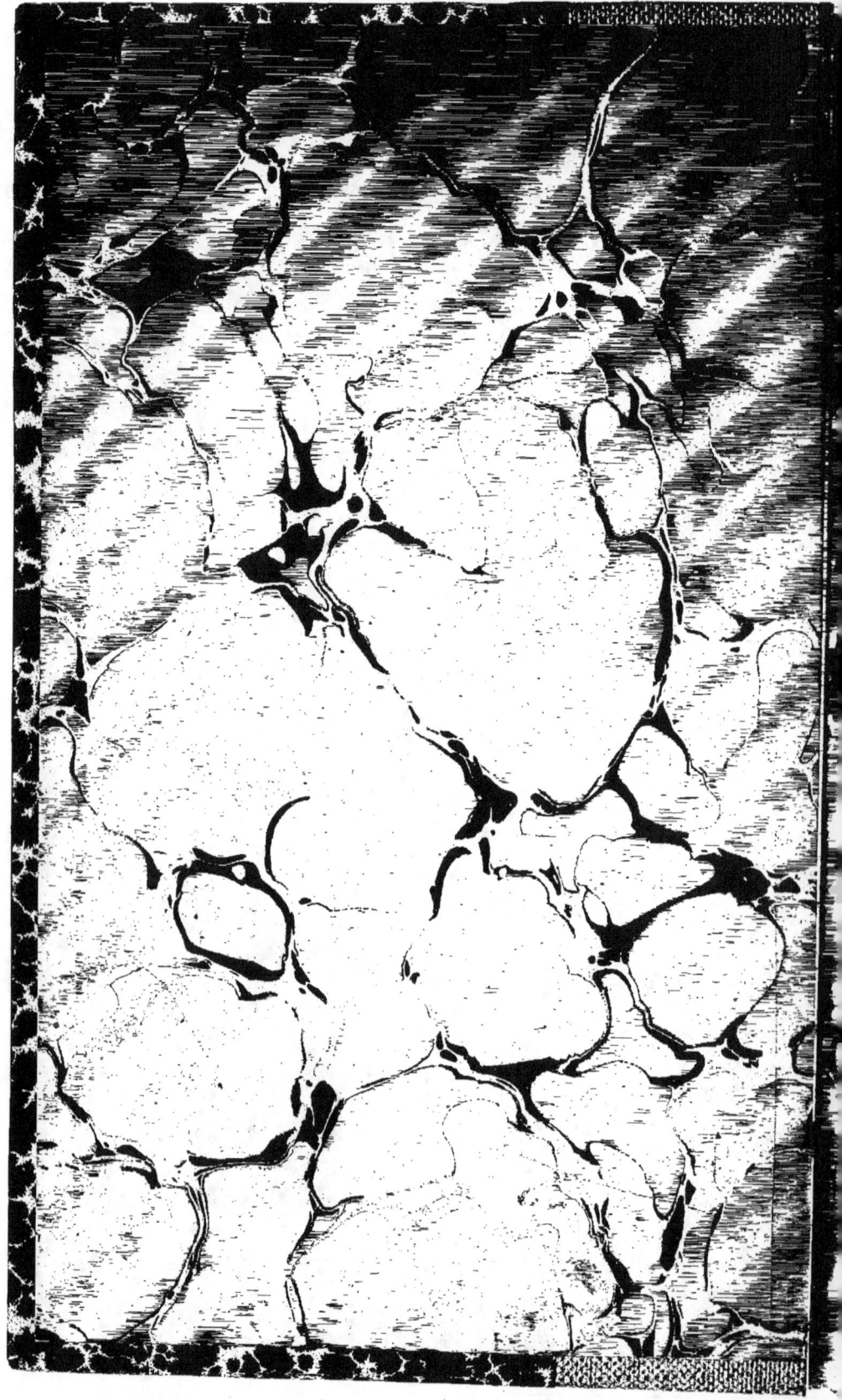

POÉSIES

A L'USAGE DE LA JEUNESSE.

Paris. — Typ. Lacrampe et Ce, rue Damiette, 2.

POÉSIES

A L'USAGE DE LA JEUNESSE

Dédiées

aux Familles et aux Maisons d'éducation

Par PAILLET (de Plombières)

Professeur de Littérature française, ancien Président de l'Athénée des Arts, Sciences et Belles-
Lettres de Paris, Membre de l'Académie de Dijon, de la Société académique
de Toulon (Var), de la Société d'émulation de Rouen, etc.;

AUTEUR

Des Athénéennes, d'Oromaze ou le Triomphe de la Lumière,
des Adieux de Fénelon au duc de Bourgogne, ou Conseils à un jeune Prince
sur l'art de gouverner.

—◇≪◆≫◇—

PARIS.

RAYMOND-BOCQUET, PLACE DE LA BOURSE, 13;

DESESSERTS, PASSAGE DES PANORAMAS, 38;

DENTU, PALAIS-ROYAL, GALERIE D'ORLÉANS, 13.

1845.

PRÉFACE.

Les pièces de poésie contenues dans ce volume étaient restées inédites. J'y ai joint quelques fragments de mes *Adieux de Fénelon au duc de Bourgogne*, publiés en 1809 sans nom d'auteur, de mes *Epîtres et Poésies diverses*, imprimées en 1828, de mon poëme d'*Oromaze* ou *le Triomphe de la Lumière*, qui a paru en 1832, et de mes *Athénéennes*, dont la publication ne remonte qu'à l'an 1837. La majeure partie de ce volume se compose de morceaux qui n'ont encore reçu d'autre publicité que celle que pouvait leur donner une simple lecture dans quelques-unes des séances solennelles de l'Athénée des Arts.

J'ai choisi dans mes diverses compositions, soit anciennes soit nouvelles, les morceaux qui m'ont paru répondre le mieux à mon intention d'offrir au public un volume de *poésies morales à l'usage de la jeunesse.*

6 · PRÉFACE.

La poésie est tombée, de nos jours, dans un déplorable discrédit; cependant elle n'est point encore entièrement exilée du foyer domestique ni des maisons d'éducation : ce sont des vers qu'on fait presque toujours apprendre par cœur aux enfants, soit pour cultiver leur mémoire, soit pour y graver plus aisément de sages leçons, soit même pour les faire briller dans des exercices publics, où des applaudissements flatteurs sont pour eux une douce récompense et un nouveau sujet d'émulation.

On ne doit leur donner à réciter que des vers capables d'exercer une heureuse influence sur leur esprit, leur jugement et leur cœur. Les dispositions morales de toute notre vie sont intimement liées à nos premières impressions. Les mœurs publiques ont elles-mêmes tout à gagner aux bons sentiments qu'on a pris soin d'inspirer au jeune âge.

Ainsi donc, en mettant au jour un volume de *poésies morales*, je crois rendre un véritable service, non seulement aux pères de famille et aux chefs d'institution, mais encore à la société tout entière, qui, plus que jamais, a besoin d'être rappelée à des idées vraies, à de nobles penchants, en un mot, à cette morale pure qui se rattache à tous les sentiments généreux. Quand j'ai pris la plume, telle a été ma plus intime pensée, tel a été le premier de mes vœux. Puissé-je avoir produit un bon livre! Ce serait, comme on l'a dit quelquefois, une bonne action...

Le temps des poésies licencieuses est passé, non celui des productions corruptrices du cœur et de l'esprit; car je ne puis donner un autre nom à ces ouvrages

modernes où ne respire que la dégradante doctrine du
sensualisme.

Est-il bon de mettre sous les yeux de la jeunesse des
écrits qui, par le style comme par les idées, ne peuvent que fausser le goût, égarer l'intelligence, monter
l'imagination au diapason du délire, livrer les sens
aux désordres d'une surexcitation anticipée, et faire
éclore prématurément au fond du cœur des passions
qui bientôt n'auront plus de frein? Est-ce là, je le demande, la véritable mission de l'écrivain? non, certes.
Un *mauvais* livre est un dangereux conseiller : en per-
mettre la lecture serait, de la part des pères de famille
et des chefs d'institution, une imprudence sans-excuse,
une faute grave dont les conséquences funestes pourraient devenir incalculables.

J'appelle *mauvais* tout livre qui nous rend et nous
laisse, après sa lecture, pires que nous n'étions quand
nous l'avons commencée. Un *bon livre* est celui qui fait
qu'en le lisant nous nous sentons meilleurs ou disposés
à le devenir. Puisse le mien produire cet effet! c'est là
toute mon ambition.

Un livre est une faible barrière contre le torrent
des vices qui débordent de toutes parts et envahissent
la société; mais cette barrière aurait une force impo-
sante, si tous les livres avaient pour but non-seulement
l'accroissement des lumières, mais l'amélioration des
mœurs.

Des poésies ne cessent point d'être *morales* par cela
seul que toutes les pièces d'un recueil ne sont pas mon-
tées sur un ton grave et solennel. La sévère raison ne
repousse pas impitoyablement des vers marqués au coin

de la gaieté, surtout de cette gaieté inoffensive qui n'est, en quelque sorte, qu'un voile gracieux dont se pare une pensée utile, un sentiment élevé, un noble conseil, une austère leçon. La saine morale ne défend point le rire; car, lorsqu'il n'a rien d'âpre, rien d'amer, le rire est une expression de bonheur. Voilà ce qui explique dans mon livre la présence de quelques morceaux dont l'intention ne se montre que sous les formes de la plaisanterie. J'ai voulu d'ailleurs rompre, de temps à autre, un sérieux dont la continuelle monotonie aurait pu devenir intolérable.

J'ai divisé en plusieurs paragraphes numérotés divers morceaux d'une certaine étendue, afin d'en rendre la lecture plus facile, et même de favoriser l'étude des passages qu'on voudrait faire apprendre par cœur aux élèves.

Rappeler à des cœurs desséchés par l'égoïsme cette charité fraternelle qui est l'essence même de la morale évangélique, est une grande et noble tâche à laquelle je me fais gloire de m'associer. Quelques lecteurs, livrés à des préoccupations toutes matérielles, sauront-ils apprécier mes intentions et mes efforts? Je n'y compte pas; mais j'espère avoir pour consolation le suffrage éclairé des hommes d'élite qui attachent quelque valeur aux jouissances du cœur et de l'esprit.

LA CHAUMIÈRE ET LE CHATEAU.

FABLE.

————

« De l'eau ! de l'eau ! » criait une pauvre maison
A son noble voisin, magnifique donjon ;
« Éteignez sans délai ce feu qui me dévore !
De l'eau ! vous en avez. – Oui-dà ! j'en ai. – J'implore
Votre aide ! — Justement j'en ai dans ce flacon.
— Un flacon ! — D'une goutte ici je te fais don.
— Une goutte ! — Reçois cette autre goutte encore.
— Deux gouttes ! tout mon toit bientôt n'est qu'un tison.
— Une troisième goutte ; es-tu contente? — Non ;
De l'incendie affreux s'accroît la violence,
Et vos trois gouttes d'eau sont d'un faible secours.
— Qu'entends-je? trois bienfaits, et tu te plains toujours !
— Prenez pitié de moi, voisin dont l'opulence

Sur moi d'un fleuve entier peut diriger le cours;
Faites jouer la pompe, et conservez mes jours.
- Je te plains. - C'est de l'eau, de l'eau que je demande.
- Sans doute, il faut sur toi qu'à flots on la répande.
Écoute-moi, je vais te donner un conseil;
Il pourra te servir dans un revers pareil.
Appelle tes égaux, tes amis; leur courage
Saura de l'incendie arrêter le ravage.
Fais sonner le tocsin, mets sur pied le hameau.
— A quoi bon? la fontaine est maintenant sans eau;
Tous les puits sont à sec. Dans vos bassins superbes
L'eau s'élance et retombe en inutiles gerbes;
Qu'elle soit mon salut! — Je conçois ton malheur,
Je dois le déplorer. — Faites mieux, Monseigneur,
De votre eau qui se perd soulagez ma souffrance.
J'ai mis en vous ma seule et dernière espérance.
Eh quoi! noble château, n'êtes-vous pas chrétien?
Il se faut entr'aider. — Comme toi je le pense;
Mais c'est en toi qu'il faut chercher ton vrai soutien.
Advienne que pourra! dans les maux de la vie,
Il est beau de montrer de la philosophie.
—Hélas! je vais périr, c'est sûr... — Alors, vois-tu,
Sache te résigner, fais preuve de vertu.
C'est quand le sort nous traite avec plus de colère,
Qu'au lieu de laisser voir un courage abattu,

Le vrai sage déploie un plus grand caractère,
Et, s'il tombe, du moins il aura combattu.
C'est dans l'adversité que les cœurs magnanimes
Montrent plus d'énergie...—Ah! trêve de maximes!
Tandis que vous parlez, je brûle; encore un peu,
Et je vais succomber sous les progrès du feu.
Hâtez-vous, ou ma perte est bientôt accomplie.
Ah! songez à vous-même, en me faisant du bien :
Votre toiture est proche, et quand je vous supplie,
C'est dans votre intérêt autant que dans le mien ;
Nos périls sont communs...—Tais-toi, vile masure!
Je ne redoute rien pour ma noble toiture,
Ni pour mes murs épais solidement bâtis,
Ni pour mes beaux salons où brillent la dorure,
La soie et le velours avec goût assortis.
J'ai des valets nombreux qui, bientôt avertis,
De la flamme sans peine arrêteraient l'injure.
Des arbres de mon parc la riante verdure
Borde un vaste bassin rempli d'une onde pure ;
Mais, si j'ai beaucoup d'eau, je la garde pour moi.
Dans ton malheur, j'ai fait ce que j'ai pu pour toi :
Je t'ai donné conseil, et j'ai daigné te plaindre.
Pour toi je fais des vœux : bienveillance est ma loi ;
J'ai pitié des petits qu'un fléau vient atteindre.
Quant à ton sort fatal, je n'ai point à le craindre...

Adieu ! » Sur l'instant même, un vent impétueux
Soufflait, et dans les airs poussait d'horribles feux.

Déjà les tourbillons d'une épaisse fumée
Couvrent de leurs flots noirs la maison consumée.
A quelques pas de là reportant la terreur,
La flamme dévorante exerçait sa fureur.

L'égoïsme et l'orgueil reçoivent leur salaire.
Le soir même, en ce lieu qu'un feu mourant éclaire,
On voit un grand seigneur, à son tour désolé,
Pleurer sur les débris de son château brûlé.

Paris, 4 décembre 1841.

LA CHARITÉ.

Tous les humains sont nés enfants du même père ;
Tous sont arrivés nus et souffrants sur la terre ;
Mais Dieu, voyant nos maux, créa, dans sa bonté,
Ce mutuel amour qu'on nomme CHARITÉ.
La Charité n'est point la vanité craintive
Qui jette au mendiant une aumône chétive :
Elle est l'humanité, douce reine des cœurs
Qui savent compatir à toutes les douleurs.

L'indigence, au front pâle, aux regards faméliques,
Va traînant ses haillons sur les places publiques.
Oui, mais tournez les yeux vers ces tristes grabats :

Que de chagrins amers qui ne se montrent pas!

Ah ! si la Charité que prêche l'Évangile
Trouvait à ses leçons notre cœur plus docile,
Une tendre pitié, par des soins généreux,
Sècherait plus souvent les pleurs des malheureux.
L'infortuné gémit; mais que lui sert la plainte?
Le puissant la dédaigne, ou l'écoute avec crainte.
Ce siècle dépravé ne sourit qu'à l'argent.
De ses mépris le riche accable l'indigent.
Et le riche est chrétien? Non; son orgueil oublie
Les saints enseignements que son culte publie.
Pour l'honneur de sa foi, qu'il se souvienne bien
Que, sans la Charité, la piété n'est rien.
A l'homme spectateur des angoisses humaines,
Dieu n'a-t-il demandé que des pratiques vaines?
Non, la bonté du cœur a du charme à ses yeux,
Et c'est la Charité qui seule ouvre les Cieux....

Les grands ne songent point à leur âme immortelle,
Au besoin de fléchir la justice éternelle.
En vain s'offre à leurs yeux le tableau du malheur,
Une tendre pitié n'entre point dans leur cœur.

Auront-ils, pour calmer la colère céleste,
A citer les vertus d'un bienfaiteur modeste?
Au jour terrible, ils vont, de regrets consumés,
Devant le Dieu vengeur paraître.... désarmés !

Là, les bals, les festins des puissants de la terre,
Et, plus loin, les lambeaux, les cris de la misère.
Toi qu'enivrent ton luxe et ses mille reflets,
Sais-tu ce qui se passe au seuil de ton palais?
Quand, gorgé de plaisirs et le cœur sans alarmes,
Tu dis que tout est bien dans ce vallon de larmes,
Un vieillard malheureux, qui pleure et crie en vain,
Sur la pierre étendu, meurt en disant : « J'ai faim ! »
Pourtant de ce vieillard vaincu par la souffrance,
Tu partages, dis-tu, la pieuse croyance !
Ah! prends ta coupe, viens d'un nectar généreux
Adoucir du mourant le râle douloureux !...
Tu parais ; mais, hélas ! pour lui ta coupe est vide...
Un moment effleuré de ton regard rapide,
Ce vieillard que tu vois expirer sans émoi,
Le Christ, le Christ est mort pour lui comme pour toi.

Dans nos temps corrompus, la piété sincère

Voit pâlir chaque jour son flambeau salutaire.
Mortels, au cœur nourri de vices odieux,
Ah ! cessez d'étaler un langage pieux ;
Ou, si des gens de bien vous souhaitez l'estime,
Montrez que la vertu vous guide et vous anime.

Que les grands, dont l'orgueil à son comble est monté,
Pratiquent des chrétiens la douce Charité !
Alors, enfants de Dieu, vous serez tous des frères ;
Alors, plus patient dans ses destins contraires,
Le pauvre se dira : « Le riche est mon appui,
« Et je suis à ses yeux un homme comme lui. »

Paris, décembre 1842.

ÉPITRE

À UN DISCIPLE DE BOILEAU

CONTRE LA SATIRE PERSONNELLE [1].

Parcere personis, dicere de vitiis.

———

I.

La Satire, Verneuil, a donc pour toi des charmes ?
Jeune athlète, tu veux empoisonner tes armes ;
Tu veux, des écrivains gourmandant les travers,
Flageller tour à tour et leur prose et leurs vers !
Quel aveugle transport égare ton génie ?
Quel démon t'inspira cette sombre manie
Qui, prêtant à la gloire une fausse couleur,
Fait de la médisance un besoin pour ton cœur ?

[1] Lue dans une séance publique de l'Athénée des Arts, cette épître a été imprimée en 1822.

2

Tu veux près de Boileau t'asseoir sur le Parnásse;
Ses conseils, son exemple, ont séduit ton audace;
Docile admirateur, tes yeux sont éblouis
De l'éclat des lauriers que sa Muse a cueillis;
Mais, avant de marcher sur les pas d'un tel maître,
Avant de l'imiter, apprends à le connaître!

II.

Quel est-il ce Boileau, dont le front radieux
S'élève au premier rang parmi nos demi-dieux?
Sa raison de Molière apprécia les veilles;
De Racine sa voix exalta les merveilles;
Régentant le grand siècle, il a, de plats auteurs
Signalé hardiment l'orgueil et les erreurs :
Je le sais; l'équité, qui règle mon suffrage,
A ses rares talents veut que je rende hommage;
Mais l'admiration, fascinant mes regards,
M'a-t-elle ôté le droit de compter ses écarts?
Non; si j'ose à tes yeux dévoiler ma pensée,
Je dirai que vingt fois la droiture, blessée,
De ce juge mordant révoqua les arrêts.

Mon cœur est sans détour, mes conseils sans apprêts,
Écoute-moi : je veux, s'il en est temps encore,

Dans tes veines calmer le feu qui te dévore :
Par ton amour du bien je me sens affermi,
Et mon âme est à nu sous les yeux d'un ami.

III.

J'admire Despréaux, quand sa vive peinture
Rappelle du Lutrin la piquante aventure ;
J'admire Despréaux, quand ses chants purs et vrais
Du brillant art des vers proclament les secrets ;
Mais puis-je l'admirer quand sa muse insolente,
Fouettant des gens de bien d'une rime sanglante,
Au carcan de la honte, effroyable revers,
Attache sans pitié leur personne et leurs vers?

IV.

En attaquant Boileau, je sais tout ce que j'ose ;
Je sais à quels périls moi-même je m'expose ;
Les disciples nombreux d'un maître si vanté,
Dans leur zèle ont frémi de ma témérité.
Ils vengeront leur dieu. Mais de nouveaux Séides
Dussent-ils aiguiser leurs stylets homicides,
Dussé-je voir bientôt des critiques hautains
Augmenter de mon nom la liste des Cottins,

Ton intérêt me touche, et je ne puis me taire.
Fallût-il m'expliquer devant toute la terre,
Ma voix te redirait cet avis généreux :
« Fuis la satire, fuis un délire honteux.
« Pour punir un auteur de l'ennui qu'il te donne,
« Jette au feu ses écrits, respecte sa personne.
« Admire Despréaux, et ne l'imite pas.
« Vers un plus noble but sache guider tes pas ;
« Ami, lève les yeux sur la double colline ;
« Vois Homère, Virgile, et Corneille et Racine.
« Quels modèles ! Choisis. Épris de leurs accents,
« Rends-nous, sublime écho, leurs accords ravissants ;
« Peut-être verrons-nous l'ingrate Renommée
« Récompenser tes soins d'un peu moins de fumée ;
« Mais il vaut mieux languir, à l'oubli condamné,
« Que briller aux dépens de maint infortuné. »

V.

Tous cherchent dans Boileau leur modèle ou leur guide.
De son autorité l'on se fait une égide.
C'est par lui que triomphe un Zoïle nouveau.
Tout tremble, tout se tait au seul nom de Boileau.
Dans sa chaire, un pédant le vante sans mesure ;
L'écolier ricaneur se plaît à sa lecture,

Et puise dans ses vers, qu'il sait bientôt par cœur,

Ce goût de la satire, écueil de la candeur.

Une flamme subite en ses veines s'allume,

Et déjà dans le fiel trempant gaîment sa plume,

Il veut écrire, il veut, plein d'orgueil et d'espoir,

Signaler ses débuts par quelque trait bien noir.

Contre le professeur dont il tient ses maximes,

L'ingrat, par coup d'essai, vient d'ajuster deux rimes;

Un voisin qui déplaît au docte jouvenceau,

Chaque matin reçoit un sarcasme nouveau.

Bientôt du vieux parent, appui de sa jeunesse,

Un couplet satirique a payé la tendresse.

De ses lâches succès, follement enivré,

Sexe, âge, rang, honneurs, pour lui rien n'est sacré :

Contre la vertu même il s'excite, il s'enflamme ;

Chaque nuit voit éclore une double épigramme.

Plus de digue au torrent de ses cruels bons mots.

Jugeant tout, blâmant tout, il voit partout des sots.

« Oui, dit-il, sur les sots, dont la race pullule,

« Il faut à pleines mains verser le ridicule.

« C'est un droit, un devoir de se montrer malin. »

Tout poëte à ses yeux n'est plus qu'un Chapelain.

Un Chapelain ! ce nom vaut seul une satire.

A ce nom, de pitié je vous vois tous sourire,

Jeunes présomptueux, au ton leste, absolu,

Qui l'osez condamner et ne l'avez point lu.
Voilà, voilà les fruits de l'ardeur sacrilége
Qu'on puisa, jeune encor, sur les bancs du collége !
Verrons-nous de sang-froid d'indiscrètes leçons
Présenter à nos fils les plus subtils poisons?
Quelle main, détrônant le dieu de nos écoles,
A nos yeux offrira de plus nobles idoles ?
Ah ! puissent nos neveux, moins prompts à l'admirer,
Cesser enfin d'apprendre à mordre, à déchirer !

VI.

A trente ans la raison nous guide et nous surveille ;
Aux chants de la sirène on peut ouvrir l'oreille.
Ecoutons Despréaux ; mais de ses vers charmants
Aux élèves n'offrons que d'utiles fragments.
Qu'un mentor attentif se rappelle sans cesse
Les parents vertueux dont la vive tendresse
Confie aveuglément à ses soins généreux
Un dépôt dont il doit un compte rigoureux.
Loin, loin des jeunes gens une muse caustique,
Qui souffle dans leurs cœurs son ardeur frénétique,
Et trace à l'imprudent, jaloux de s'illustrer,
Une route où l'orgueil va bientôt l'égarer !
Le sarcasme impudent et l'injuste épigramme

Font-ils germer le bien dans le fond de notre âme ?
Répondez, partisans d'implacables railleurs,
Quand vous lisez Boileau, vous sentez-vous meilleurs?
Non : voilà son arrêt. Parlons sans imposture,
Une injure en beau style est toujours une injure.
Sorti d'un mauvais cœur, le vers le mieux tourné
Déshonore à mes yeux l'auteur le plus prôné.

VII.

Dès nos plus jeunes ans faut-il qu'on nous inspire
Le goût du persifflage et de l'aigre satire?
Ce goût pernicieux, par la mode excité,
Porte le trouble au sein de la société.
Oui, la société, complaisante victime,
A dû plus d'une erreur, dirai-je plus d'un crime,
Au ton railleur, frivole, indiscret et léger,
Qu'au Français étourdi reproche l'étranger.

VIII.

Sur la scène se montre une pièce nouvelle ;
L'auteur attend le prix du talent et du zèle ;
On siffle ! Je demande à ce jeune étourneau

Ses motifs ; il répond par un vers de Boileau.
Vois l'envie à l'œil creux, la bruyante cabale
Étayer de son nom leur tactique infernale :
Vois l'amer persifflage arborant ses couleurs,
Plus puissant que nos lois, influer sur nos mœurs.
Nos mœurs ! hélas ! pour nous, vieux enfants que nous somm
Quand naîtra la raison ? quand serons-nous des hommes ?
Verrons-nous donc toujours, au fol amour de soi,
Un railleur immoler jusqu'à la bonne foi ?

IX.

Le siècle avec emphase exalte ses lumières ;
De leur instruction les nations sont fières ;
Mais où sont-ils les fruits de ce vaste savoir ?
Les vices sur nos cœurs ont-ils moins de pouvoir ?
En fait de loyauté, s'il faut le dire encore,
Tout ce qu'on sait pâlit devant ce qu'on ignore.
Ce qu'on n'ignore point, c'est l'art pernicieux
De lancer droit au but vingt traits injurieux.
On sait à la malice allier l'imposture,
Orner la calomnie, enjoliver l'injure,
Dût ce rire insensé, délices des pervers,
Coûter à l'innocent les pleurs les plus amers !

X.

Chez nos aïeux, dit-on, la noble courtoisie,
Usant, même à la cour, du droit de bourgeoisie,
Dans les cercles exempts d'un caustique jargon,
Au langage imprimait ce naïf abandon,
Cette simplicité que notre politesse
Bannit de nos salons sous le nom de rudesse.
Raillé sans amertume, on raillait sans aigreur,
Et l'on écoutait moins son esprit que son cœur.
Gaîté vive, énergique ! et l'oreille exercée
D'un rire sans apprêts n'était point offensée.
Un front calme et serein, mieux que de vains serments,
Appelait d'un ami les doux épanchements.
Aujourd'hui l'on s'observe, à la feinte on s'applique ;
Le gros rire a fait place au rire sardonique.
On craint de s'attirer le nom de bonnes gens.
Fi donc ! il vaut bien mieux de lazzis outrageants
Avec un art perfide assaisonner sa phrase.
Encor quelques noirceurs, le cercle est en extase.
On sait à chaque mot donner un tour malin ;
La gaîté vous caresse, un stylet à la main.
D'un air de bienveillance, on attaque, on déchire,
Et voilà de nos jours ce qu'on appelle rire !

Cessez, cruels, cessez, ou fuyez loin de nous!
Si le tigre riait, il rirait comme vous.

XI.

Un railleur, étalant sa frivole faconde,
Badinerait debout sur les débris du monde.
Qu'un immense désastre ébranle l'univers,
Il rit; que son pays soit plongé dans les fers,
Il rit; des nations prennent-elles les armes,
Il rit; de froids bons mots ont pour lui tant de charmes!
Pour lui l'État n'est rien; les publiques douleurs
Dans son cœur desséché ne trouvent point de pleurs.
Aux longs gémissements que la patrie exhale,
Il aiguise d'un trait la pointe glaciale.

Orateurs, un grand peuple a son sort dans vos mains.
Vous allez ordonner, en face des humains,
Qu'il soit libre ou courbé sous le joug des esclaves.
Tout à coup, au milieu des débats les plus graves,
On rit!... quoi! vous riez, et le monde est en feu!
Partout l'orage gronde, et peut-être avant peu,
La pâle Némésis, de massacres avide,
Menacera vos jours de sa faux homicide.

L'abîme est là : n'importe! ivres d'un fol orgueil,
Vous riez!... rirez-vous dans la nuit du cercueil?

XII.

Verneuil, ou je m'abuse, ou de notre patrie,
Plus que tu ne le crois, la Fortune se lie
A cet esprit frondeur, appui des factions,
Qui fait, défait, refait les révolutions.
Sans doute de Boileau les écrits satiriques
N'ont pas seuls enfanté nos écarts politiques,
Ils sont les fils du temps. Mille voix ont parlé;
Le siècle a fait un pas, et la terre a tremblé.

XIII.

Depuis vingt ans et plus, de vils folliculaires
A l'intrigue ont voué leurs plumes mercenaires.
Leur ligue, distillant un fiel toujours nouveau,
Prétend de la raison éteindre le flambeau.
Depuis vingt ans et plus, l'écrivain libre et sage
Sème pour la patrie et recueille l'outrage;
Depuis vingt ans et plus, d'estimables écrits
Languissent dans la poudre oubliés ou proscrits.

Boileau règne... on l'invoque, et, contre la lumière,

D'hypocrites railleurs marchent sous sa bannière.

L'honnête homme, écrasé sous le poids des bons mots,

L'honnête homme subit jusqu'au rire des sots.

Mais dans ce vaste plan l'on adresse l'injure.

Moins au littérateur qu'à la littérature;

On voudrait dessécher, en haine de l'État,

La palme qui pour nous brille de tant d'éclat.

Que l'aveugle instrument de l'étranger perfide

Cesse de lui prêter son appui parricide;

Que l'imprudent, honteux de funestes succès,

Rougisse, et se souvienne au moins qu'il est Français!

XIV.

Boileau se doutait peu que la fureur de rire,

Un jour, sur nos destins aurait autant d'empire,

Je le veux; mais crois-tu que jamais ses discours,

De paisibles penchants n'ont altéré le cours?

Ne pouvant de l'amour sentir les douces flammes,

Boileau, célibataire, a dénigré les femmes.

Sa muse accusatrice, éveillant le soupçon,

Dans des cœurs inquiets jette un fatal brandon.

Cite le jeune époux que son âpre libelle

Rendit plus confiant, plus tendre, plus fidèle.

Contre tout le beau sexe une funeste aigreur

A de plus d'un ménage exilé le bonheur :

Il n'est plus du bon ton de chérir sa compagne.

Non, ces mœurs du vieux temps sentent trop la campagne.

Baucis et Philémon, follement chansonnés,

Dans d'obscènes ponts-neufs, aujourd'hui sont bernés.

Des brocards indécents outragent la vieillesse ;

Même en de jeunes cœurs on raille la tendresse.

Traités de Céladons, les fidèles amants

N'osent plus avouer leurs plus doux sentiments.

Le cynisme effronté, la débauche livide,

Ont chassé la pudeur au langage timide.

Le sarcasme flétrit les plus rares vertus :

Il n'est plus de Lucrèce à des yeux prévenus.

La beauté la plus chaste est celle qu'on opprime.

L'épigramme à la bouche on poursuit sa victime.

Briller est le seul but où tend la vanité.

Ah ! montrons moins d'esprit et plus de probité !

Faut-il, immolant tout à de lâches caprices,

Du fiel de nos bons mots lustrer nos injustices ?

C'est de l'esprit, dit-on. Dieux justes ! dieux puissants !

Otez-nous cet esprit, donnez-nous du bon sens !

Le bon sens aux vertus prodigue-t-il l'outrage ?

De la malignité qui distingue notre âge,

A qui faut-il, Verneuil, imputer le fléau?
A qui? lève les yeux, et regarde Boileau.

XV.

Parfois trop de gaîté fit couler bien des larmes.
On a ri ; maintenant il faut courir aux armes :
Un époux, dans un cerlce, hier fut outragé,
Il l'apprit ce matin, ce soir il est vengé.

« Le rimeur, diras-tu, que poursuit mon audace,
« Timide comme un daim que le chasseur menace,
« Jamais par sa valeur ne se fit remarquer.»
Eh bien! motif de plus pour ne point l'attaquer.
Sois généreux; souvent c'est là le vrai courage.
Laisse un rôle odieux que réprouve le sage,
Abandonne au méchant de faciles succès.
Qu'il est vil le renom qu'on doit à des excès!
Dans une arène infâme évite de descendre,
A de nobles lauriers ta muse doit prétendre ;
La palme du méchant, fruit d'un funeste écart,
Ne peut des gens de bien soutenir le regard.
Ce regard la flétrit, et la honte cruelle
D'une gloire éphémère est la suite éternelle.

Pourrais-tu, t'égarant au chemin de l'honneur,
Envier le renom d'affreux diffamateur?
Vainement cent beautés recommandent ta rime;
C'est peu que l'on t'admire, il faut que l'on t'estime.
Et qui t'admire encor? de frivoles esprits
Dont l'éloge et le blâme ont droit à nos mépris;
L'envieux, dont tu sers la haine ridicule;
Le Fréron, dont tes soins secondent la férule;
En un mot, le pervers, qui, dévoré d'ennui,
Se console en trouvant un pervers comme lui.

XVI.

Non, de l'homme de bien n'attends point le suffrage.
Après tout, que peut-il louer dans ton ouvrage?
Serait-ce le talent? mais le plus mince auteur,
S'il ose à quelque nom clouer le déshonneur,
Comme toi va jouir d'une vogue complète,
Et de la Renommée occuper la trompette.
Le scandale fait tout : d'un railleur insolent
On vante la malice et non pas le talent.
Le talent! avant tout il faut être honnête homme.
Le vrai talent veut-il qu'on diffame et qu'on nomme
L'écrivain qui, déçu dans son zèle obstiné,

N'a fait, hélas! qu'un livre au pilon destiné?
Est-il bien généreux d'abreuver d'amertume
Celui qu'un noir chagrin déjà mine et consume?
Est-ce pour la Critique un spectacle flatteur
Qu'un poëte mourant de honte et de douleur?

Cet écrivain voulut nous instruire ou nous plaire;
Il s'est mépris : eh bien! quel sera son salaire?
L'ignominie? Eh quoi! quel horrible tourment
Devra-t-il donc subir, s'il trahit son serment?
Si le faible orphelin, si la veuve plaintive
Succombent, dépouillés par sa ruse oppressive?
Si, chargé par son roi du soin de le venger,
Il livre son pays au fer de l'étranger?
Si, de l'incendiaire excitant la furie,
Il lui dit : Que ta torche embrase la patrie?
Si, montrant sa victime, il dit à l'assassin :
« Va! plonge ce poignard dans le plus noble sein?»

XVII.

Oppose, j'y consens, une mordante rime
Au fat qui te provoque, au sot qui te déprime;
Mais l'honnête écrivain qui ne t'a point blessé,

De quel droit sous tes coups le tenir terrassé?
Et que ferait de plus le brigand sanguinaire
Qui guette sa victime en un bois solitaire?
Est-on moins criminel quand, cruel avec art,
On se sert d'une plume au défaut d'un poignard?

XVIII.

J'entends gémir encor l'éloquente poussière
De ceux dont la satire abrégea la carrière.
Disciple de Boileau, porte le juste deuil
Des rimeurs que ton maître a conduits au cercueil.
Crois-tu qu'en vains discours ma muse ici s'égare?
Interroge les murs du ténébreux Lazare :
Cette fosse à Cassagne y servit de tombeau,
Un méchant l'y plongea; ce méchant, c'est Boileau.
Je le nomme : voudrais-je ici farder son crime?
Lui-même avait-il craint de nommer sa victime?
Ce n'est pas que ma muse élève ici la voix
Contre un de ces forfaits que punissent les lois;
Mais est-il innocent l'implacable délire
D'un rimeur dévoré de la soif de médire?
Que par d'affreux bons mots lâchement outragé,
Cassagne dans mes vers aujourd'hui soit vengé !
Vengé !... dieux ! quel langage est sorti de ma bouche !

Non, de Cassagne en vain l'infortune me touche,
Le temps sur sa défaite en silence a passé ;
Du livre des grands noms son nom reste effacé ;
Mais je veux, attendri de son destin funeste,
Parer de quelques fleurs sa dépouille modeste,
Et, sur sa froide cendre appelant les regards,
D'un railleur imprudent proclamer les écarts.

XIX.

L'ABBÉ CASSAGNE.

Nîmes fut son berceau. La belle Occitanie
D'un souffle inspirateur éveilla son génie,
Et le Gard applaudit à ses premiers élans ;
Mais, prenant un essor digne de ses talents,
Il dirigea son vol vers les bords de la Seine.
Là, de brillants essais signalèrent sa veine,
Soit que, la lyre en main, il suivît Apollon,
Soit que de l'Évangile il redît la leçon.
Déjà de sa faveur un glorieux monarque
S'apprête à lui donner une éclatante marque ;
Louis veut à son tour l'entendre et l'admirer.
Cassagne est l'orateur qui le doit éclairer ;
Cassagne va fournir la plus noble carrière.

Osant du trône même approcher la lumière,

Aux yeux d'un fier monarque entouré de flatteurs,

Il saura dévoiler le néant des grandeurs,

Révéler des tyrans les remords et la crainte,

Retracer de l'esclave et les maux et la plainte,

Montrer à l'oppresseur les pleurs de l'opprimé,

Inspirer au puissant le besoin d'être aimé,

Gémir sur des lauriers nés au sein des tempêtes,

Désabuser Louis de l'ardeur des conquêtes,

Louer un Dieu clément dans le Dieu des Chrétiens,

Des Français divisés resserrer les liens,

Et, dans son éloquence, en prodiges féconde,

Parler au nom du ciel pour le bonheur du monde...

Qu'ai-je dit? vain espoir! d'un poëte orgueilleux,

Tant d'éclat eût sans doute importuné les yeux.

De Cassagne un bon mot ternit toute la gloire,

Et de sa vertu même effaça la mémoire.

Les succès qu'il attend, ceux dont il a joui,

Rang, fortune, renom, tout s'est évanoui.

Louis à ses désirs oppose un front sévère.

On lui ferme la bouche, il descend de la chaire,

Et court cacher sa honte et son mortel ennui,

Au long bruit des sifflets déchaînés contre lui.

Mais tendra-t-il la gorge, humble et lâche victime?

Non ; du public il veut reconquérir l'estime :
Il veut, le cœur brûlant d'une nouvelle ardeur,
De ses talents proscrits réparer le malheur,
Et faire taire enfin, par de doctes merveilles,
Ces serpents qui sans cesse assiégent ses oreilles...

« Boileau, cruel Boileau, quel est donc mon forfait ?
« Tu me couvres d'opprobre, hélas ! que t'ai-je fait ?
« Ah ! de ma renommée, en proie à ton caprice,
« Ma main doit relever le fragile édifice.
« La gloire est pour mon cœur le premier des besoins.
« Oui, je veux prodiguer mes veilles et mes soins,
« Afin que le public, me rendant ses suffrages,
« Daigne avec bienveillance accueillir mes ouvrages,
« Et que Louis un jour me venge de l'affront
« Que l'inique satire a gravé sur mon front. »

Il disait, et déjà l'ardeur qui le consume
Sous sa main diligente a produit un volume.
Sort fatal ! Despréaux, armé d'un vers moqueur,
Ecrase d'un seul coup et l'ouvrage et l'auteur.

Cassagne, au lieu de rendre injure pour injure,
A de nouveaux labeurs se livre sans mesure.
« Muse, plus de repos ! forçons de m'estimer

« L'injuste détracteur que je veux désarmer.

« Un jour nous fléchirons sa colère funeste :

« Dans l'excès de mes maux ce faible espoir me reste.

« Hélas! ajoutait-il, l'œil de pleurs obscurci,

« Boileau, que t'ai-je fait pour m'opprimer ainsi?»

En stériles travaux il usa son génie.

Succombant sous le poids d'une longue insomnie,

Sa raison se troubla : des ordres empressés

Conduisirent Cassagne au toit des insensés.

Il ne menace point, nul courroux ne l'enflamme.

A la mélancolie abandonnant son âme,

Il pleure; mais cent fois, le front pâle et défait,

Il répète ces mots : « Boileau, que t'ai-je fait? »

Il s'éteint, et la mort n'a plus rien qui le touche;

Le seul nom de Boileau sort souvent de sa bouche.

L'œil humide, il exhale un soupir déchirant :

« Boileau, que t'ai-je fait?» dit-il en expirant.

De funestes bons mots vois le fruit déplorable!

Despréaux nous amuse, en est-il moins coupable?

Devant le trait sanglant que sa main sut orner,

Je veux bien applaudir, je ne puis pardonner.

XX.

Cassagne, tu le crois, n'eut qu'un talent vulgaire;
Était-ce une raison pour combler sa misère?
Quoi! Despréaux aurait formé l'affreux dessein
De terminer ses jours par un vers assassin?
Non, sans doute; à mon tour sur l'homme de génie,
On ne me verra point verser la calomnie;
Mais si le noir chagrin mit Cassagne au tombeau,
Qui le causa? Son ombre a répondu : BOILEAU.

La gloire des railleurs te séduit-elle encore,
Cher Verneuil? Désormais veux-tu que l'on t'abhorre?
Veux-tu joindre à ton nom tous ceux d'un meurtrier,
Et contre toi la tombe aura-t-elle à crier?

XXI.

Après tout, ce censeur qu'un âpre zèle anime,
Le crois-tu plus heureux que sa propre victime?
Crois-tu que le méchant, exempt de noirs chagrins,
Ne compte que des jours tranquilles et sereins?
Le calme est sur ses traits, dans son cœur est l'orage...
Recueille les aveux de ce prétendu sage;

Des rêves effrayants agitent son sommeil.
La pâleur de son front atteste, à son réveil,
Qu'il nourrit des remords prompts à le contredire,
Et que l'art d'être heureux n'est pas l'art de médire.
Vainement Archiloque, en son brutal orgueil,
Avait réduit Lycambe à descendre au cercueil ;
Vainement ses rivaux, jouets d'un noir caprice,
De l'iambe sanglant subissaient le supplice,
Son cœur troublé rêvait le poignard assassin
Qu'aiguisa l'opprimé qui lui perça le sein.

XXII.

Jeune homme, je le vois, un fol espoir te reste.
Oui, tu crois échapper à ce destin funeste ;
Tu m'opposes les noms des critiques fameux
Sans blessure sortis d'un combat hasardeux.
Eh bien ! si le courage enflamme ton génie,
De l'amour seul du vrai si ton âme est remplie,
Si la gloire est le prix qui peut seul te flatter,
Voici par quels travaux il faut le mériter.

Pour de grands intérêts franchis la double cime,
Efface Despréaux dans ton essor sublime.
Épargne, laisse en paix ces écrivains tremblants,

Dont le crime se borne à manquer de talents.
Hercule, contre l'hydre, armé de sa massue,
Sur un chétif insecte arrêtait-il sa vue?
Ce bienfaiteur du monde, avide de combats,
Cherchait des ennemis plus dignes de son bras.
Qu'importe un plat rimeur, dont la froide Minerve
En de fades écrits vient d'épancher sa verve?
Que font au genre humain quelques vers mal rimés,
Qui ne riment pas mieux par ta muse opprimés?
C'est contre les méchants qu'un vertueux délire
Doit lancer tous les traits d'une mâle satire.
Écris pour l'univers! Dans ton vol glorieux,
Plane sur tous les temps comme sur tous les lieux !
Appelle au tribunal de ta muse énergique
Le guerrier déserteur de la cause publique,
Le vampire engraissé du sang des nations,
L'avide publicain gorgé d'exactions,
Le magistrat vénal qui protége le vice,
Le juge corrompu, soutien de l'injustice ;
L'intrigant, qui, sans cesse, aux plus lâches desseins
Immole sans pudeur les devoirs les plus saints ;
Le vil séditieux, le délateur perfide ;
Le flatteur, dont la langue est un glaive homicide ;
L'hypocrite abusant du respect des mortels ;
L'envieux, du grand homme insultant les autels ;

Le fils qui d'un bon père outrage la vieillesse,
L'époux qui d'une épouse opprime la faiblesse,
La mère, de sa fille égarant la candeur,
L'amante à vingt rivaux jurant la même ardeur,
Le sybarite impur, l'avare inexorable,
Le faussaire ; en un mot, cette foule exécrable
De mortels dégradés, d'infâmes, dont le front
Appelle le cachet d'un éternel affront !
Burine leur bassesse en traits ineffaçables !

Surtout d'un bras d'airain saisis les grands coupables !
Proclame leurs forfaits, que leur nom soit flétri !
Oui, de l'opinion le fatal pilori
Les attend... traîne-les au plus juste supplice !
Que sous ton fouet sanglant leur opprobre jaillisse !
C'est peu, monte à l'Olympe, il faut les étonner ;
Prends, ami, prends la foudre, hâte-toi de tonner !
Tonne sur l'anarchie en désastres féconde !
Tonne sur des vainqueurs qui ravagent le monde !
Que ta muse contre eux prodigue ses carreaux !
Aux yeux du genre humain signalant ses bourreaux,
Sache, noble vengeur, d'une main affermie,
A leurs fronts sillonnés incruster l'infamie !
Écrase le rebelle armé contre les lois !
Écrase le serpent qui rampe aux pieds des rois !

Écrase l'orateur qui, souillant la tribune,
Souffle sur son pays la honte et l'infortune !
Ah ! tonne, tonne encor ! qu'au feu de tes éclairs
Se réveille le monde endormi dans les fers !
Fais reluire l'espoir sur le front des victimes !
Reproche à l'Ottoman son délire et ses crimes !
Des Chrétiens opprimés revendique les droits !
Aux yeux des nations fais resplendir la croix !
Rappelle les humains au vœu de la nature !
Arrache hardiment le masque à l'imposture !
Et bientôt, à l'honneur d'un dévoûment si beau,
L'exil, les fers, la mort, mettront leur noble sceau.
Tu pâlis !... qu'as-tu fait de cette ardeur sublime
Qui devait signaler le zèle qui t'anime ?
Faux brave, il est donc vrai ! tu bornes ton devoir
A frapper des rivaux sans crédit, sans pouvoir ?
Eh bien ! loin d'applaudir à ton humeur caustique,
J'arracherai le faible à ta colère inique.
Donne-moi, donne-moi cet écrit meurtrier
Qui chargerait ton front d'un indigne laurier !
Que la flamme au néant s'empresse de le rendre !
Que les vents à jamais en dispersent la cendre !
Ami, n'arrête point mes généreux transports :
Je te sauve d'un crime et t'épargne un remords.

L'ENFANT ET LA ROSE.

FABLE.

———

De l'astre des saisons la clarté vive et pure
Avait rendu la vie à toute la nature.
Le printemps souriait ; les plantes et les fleurs
Exhalaient leurs parfums, étalaient leurs couleurs.
Du monde rajeuni la pompe enchanteresse
Au fond des cœurs émus répandait l'allégresse ;
Tout semblait, aux regards du mortel enchanté,
Respirer l'existence et la félicité ;
Les champs avaient repris leur riante verdure,
Les gazons leur émail et les bois leur parure.
En voyant ses vergers, l'heureux agriculteur
De plaisir et d'espoir sentait battre son cœur ;
Les jardins, embellis des doux présents de Flore,

Présentaient un coup d'œil plus séduisant encore.

Pour l'enfance surtout les fleurs ont mille appas ;
Vers un parterre elle aime à diriger ses pas.
L'enfant, fleur animée, est un bouton de rose ;
Le plus tendre incarnat sur ses lèvres repose.
Près des fleurs retenu par de secrets liens,
Il semble s'y complaire : il est parmi les siens.
A travers des rosiers comme sa grâce brille !
Ah ! sans doute on voit bien qu'il se trouve en famille.

Un enfant, éveillé dès l'aube du matin,
De son père, un beau jour, parcourait le jardin ;
Tour à tour visitant toutes les fleurs nouvelles,
D'un regard plus avide il cherchait les plus belles.
Il rencontre une rose au milieu des débris
D'un temple que la foudre a renversé jadis,
Vestiges révérés, et dont l'antique faste
Forme avec la verdure un imposant contraste.
Le bambin de la rose admire la fraîcheur ;
Il va pour la cueillir.... ô surprise ! ô terreur !
Quels objets sont offerts à sa vue étonnée !
De quels dards menaçants elle est environnée !
« Pourquoi t'armer ainsi, rosier trop inhumain ? »
Dit-il. Et de la rose il retire sa main.

Il la contemple encor, puis il s'éloigne d'elle.

Mais la rose déjà doucement le rappelle :
« Tu me fuis, cher enfant, tu n'oses me cueillir !
Quand tu vins près de moi, m'as-tu vu tressaillir ?
En me cueillant, ta main m'allait combler de gloire.
Me dédaignerais-tu ? non, je ne puis le croire.
Tu crains ; mais, dis-le moi, que dois-tu redouter ?
Mes dards ? avec des soins tu peux les éviter.
Respire mes parfums ! vois comme je suis belle !
Contemple mon éclat, ma grâce naturelle !
Parle, ne suis-je point la reine de tes fleurs ?
Approche, mon ami ; vois, vois briller ces pleurs
Que l'Aurore versa sur mes feuilles légères !
Ces deux jolis boutons qu'on prendrait pour tes frères
De ta bouche mignonne attendent un baiser.
Allons, viens ! du courage ! Ils te disent d'oser ;
A me cueillir enfin ils sont prêts à t'instruire.... »

« — Ah ! répondit l'enfant, tu voudrais me séduire.
Ton langage est flatteur, je ne puis le nier ;
Mais à tes dards aigus je n'ose me fier.
Qu'ils me causent d'effroi ! ces pointes sont si dures !
Mes mains seraient bientôt couvertes de blessures...
Charmante rose, adieu ! Je viendrai te revoir ;

Mais de te posséder je perds le doux espoir.... »

Cette fable s'adresse à tous tant que nous sommes.
Ainsi le moindre obstacle, épouvantant les hommes,
Dans la route du bien sait arrêter leurs pas.
Ainsi, de la vertu, rose pleine d'appas,
Trop timides enfants, nous craignons les épines ;
Elle brille à nos yeux, mais parmi des ruines....
D'une commune voix nous vantons ses attraits,
Nous l'admirons toujours, sans la cueillir jamais...

Dijon, 1805.

MON RETOUR DANS MA FAMILLE[1].

FRAGMENT

DE DIJON,

POEME INÉDIT.

I.

Cité qu'un grand renom décore,
Objet toujours plus cher de mes regrets constants,
Cité qui vis fleurir les jours de mon printemps,
De mes yeux presque éteints je viens te voir encore,
     Te voir après plus de trente ans.

     Salut, ô ma belle patrie !
Puisses-tu tressaillir aux accents de ma voix !

[1] Ce fragment a été lu dans la séance publique annuelle de l'Athénée des Arts, tenue le 9 mai 1841, au Conservatoire de Musique.

Ma voix tombe, il est vrai ; mais mon âme attendrie
Conserve, en mon déclin, ses transports d'autrefois.

II.

Me voici donc enfin sous les murs d'une ville
Que je ne revois pas avec un cœur tranquille !
Dans ce cœur, où tout vient à la fois se presser,
Combien de souvenirs prompts à se retracer !
Dijon m'est cher ; souvent d'une voix filiale,
Je l'appelai du nom de *ma ville natale*.
Là, mon sensible cœur, maître de ma raison,
Des premières amours connut le doux poison.
Plaire à l'objet aimé, pour moi quelles délices !
J'aurais bravé la mort pour ses moindres caprices ;
Mais que de sombres jours après un ciel serein !
Amour ! tu tiens aussi la coupe du chagrin....

III.

Ce Dijon, si brillant auprès de mon village,
D'un meilleur avenir semblait m'offrir le gage,
Quand je vins, en quittant Plombières, mon berceau,
De l'étude y chercher le précieux flambeau.

Là, ce doux souvenir jamais ne m'abandonne,
Mon jeune front reçut sa première couronne ;
Et ma mère versait des larmes de bonheur,
Aux triomphes d'un fils riche de tant d'honneur.

IV.

Si ma mère était là, que de pleurs d'allégresse
Sur mon retour encor verserait sa tendresse !
Hélas ! depuis longtemps elle est vers nos aïeux.
Pardonnez à son fils des souvenirs pieux :
Une mère ! toujours on aime à parler d'elle.
Des cœurs aimants la mienne était le vrai modèle.
Ma mère !... tu n'es plus, mais tes traits, je les vois,
J'ai dans l'oreille encor le doux son de ta voix.
Voilà cette bonté sur ton front répandue,
De tout ce qui souffrait protectrice assidue ;
Voilà tes yeux lançant les éclairs de l'esprit,
Même quand leur cristal d'un réseau se couvrit.
Être aveugle ! quel sort ! Du malheur poursuivie,
Du malheur qui n'a pu l'abattre sous ses coups,
Ma mère, dont les pleurs ont tant coulé sur nous,
Ma mère avait perdu le jour avant la vie.

V.

Qui de nous au tombeau de plus près l'a suivie?
　　Celui que, le premier de tous,
Ma mère, jeune encor, berça sur ses genoux.
Il tenait du ciel même un cœur plein de courage,
Un esprit lumineux, un éloquent langage ;
Mais, noble dévoûment, généreuse amitié,
Talents, vertus, la mort brisa tout sans pitié.

VI.

　　De ma ville tant souhaitée
Mon pied poudreux n'a pas encor touché le seuil,
　　Déjà ma vue est arrêtée
　　Par le triste aspect du cercueil!
　　Mon âme en est épouvantée,
Et je sens de mes yeux tomber des pleurs brûlants.
De mon cœur déchiré se rouvrent les blessures.
　　C'est la terre des sépultures
　　Que foulent mes pas chancelants....[1]

---

[1] En arrivant à Dijon par la porte de la Liberté, le cimetière est le premier objet qui se présente à la vue.

Hélas! tout change, hommes et choses.

De mon jeune âge où sont les roses?

Mes parents, mes amis que sont-ils devenus?

Ces visages me sont presque tous inconnus!

Et ceux que j'aimais tant, à la nature entière

Je les demande en vain ; ce vaste cimetière

Qu'aperçoit mon œil obscurci,

Me répond seul : « Ils sont ici! »

Ici dorment ma fille, et ma sœur, et mon frère[1],

Et ma mère chérie, et mon vertueux père.

Combien j'ai compté de malheurs!

Sous l'herbe, aux feux du jour leur dépouille est cachée,

Et mon âme, en ce lieu témoin de mes douleurs,

Ne sait où leur cendre est couchée,

Ni quelle touffe desséchée

Je puis arroser de mes pleurs....

Déployant au tombeau son faste héréditaire,

Sous un marbre pompeux sommeille le puissant.

En lettres d'or son nom frappe l'œil du vulgaire ;

---

1 Mon père, ma mère, ma fille Marie-Anne, mon frère Jean-Baptiste
et ma sœur Jeanne reposent au cimetière de Dijon ; le reste de ceux
que j'ai perdus a succombé soit à Paris, soit sur les champs de bataille.

Mais le pauvre! ici rien qui l'indique au passant!..

Pour saisir sa victime, ou riche, ou prolétaire,
La mort étend le bras et s'avance sans bruit.
Entouré de flatteurs, brille un grand de la terre;
En est-il moins plongé dans l'éternelle nuit?
Ainsi, s'environnant de funèbres images,
A tous le froid destin prodigue ses outrages;
Et chaque être au néant a beau crier merci,
La mort est toujours là pour dire : « Me voici! »

VII.

Neuf frères et huit sœurs, en guirlande fidèle,
Couronnaient autrefois la table paternelle;
Mais la guerre et les ans effeuillèrent ces fleurs,
Et mirent à leur place et le vide et les pleurs.
De mes frères un seul jouit de la lumière,
Et six de mes huit sœurs ont fini leur carrière.
Mon œil se voile.... Hélas! j'ai déjà trop pleuré.
Grâce au ciel, le tombeau n'a pas tout dévoré!
Il me reste une fille, une fille que j'aime,
Et dont le cœur répond à ma tendresse extrême.
Ce cœur bon, généreux, véritable trésor,

Aux enfants de sa sœur donne une mère encor,
Et, toujours dévoué, s'inquiète sans cesse
Pour les cinq orphelins légués à sa tendresse.
A ce dépôt chéri par la tombe livré,
Talents, veilles, doux soins, elle a tout consacré.

VIII.

A me revoir enfin ma famille s'apprête.
Le retour du vieillard est pour elle une fête ;
Et le vieillard lui-même, accusant sa lenteur,
Sent chaque pas marqué d'un battement du cœur.

Franchissons l'élégant portique [1]
Qui du nom de Guillaume autrefois fut doté.
Il prit, pour un moment, un nom plus héroïque ;
Puis, au bruit du canon, l'allégresse publique
Sur son front radieux écrivit : « LIBERTÉ. »
Qu'il soit digne à jamais du nom qui le décore !

---

[1] Le pieux et sage Guillaume, qui, dès l'an 980, était abbé du riche
monastère de Sainte-Bénigne, avait la garde des clefs de la porte qui
reçut son nom. Ce nom lui fut conservé jusque vers la fin du dix-hui-
tième siècle, époque à laquelle la vieille et modeste porte fut remplacée
par l'élégant arc de triomphe qui, pendant quelques années, fut appelé
du nom de *Condé*, et qu'on nomme aujourd'hui *Porte de la Liberté*.

Liberté, que ton nom, du couchant à l'aurore,
    Par les peuples soit répété !
Qu'après mille ans et plus ce beau nom brille encore,
    Toujours plus cher, plus respecté !

IX.

    Mais que vois-je ? c'est ma famille !
Un frisson de bonheur s'empare de mes sens.
    Comme un trait s'élance ma fille ;
Bientôt je suis étreint dans ses bras caressants.
    Alors coulent des pleurs de joie ;
Et mes petits enfants, accourant à leur tour,
Les partagent déjà dans leurs baisers d'amour.
Quel jour d'enivrement le ciel encor m'envoie !
O mon Dieu ! contre moi tu n'es plus courroucé,
Et tu protégeras ce que tu m'as laissé.

Quels moments ! dans mes yeux le plaisir étincelle ;
    Plus de souvenirs douloureux,
Et mon âme a repris une vigueur nouvelle.
    Après une absence cruelle,
Embrasser des enfants, être caressé d'eux,
Ah ! c'est voir couronné le plus doux de ses vœux,

Croyez-en mon récit fidèle.
Pères, c'est à vos cœurs que mon cœur en appelle,
   Dites, n'étais-je pas heureux?

   J'ai revu ma chère famille,
Cher Legay [1], c'est à toi que j'ai dû ce bonheur.
   Dans mes bras en pressant ma fille,
Combien je t'ai béni dans le fond de mon cœur !

---

[1] M. le colonel Legay d'Arcy, mon honorable compatriote et mon condisciple au collége de Dijon.

LE MAIRE DU VILLAGE DE TALANT.

FRAGMENT

DE DIJON,

POEME INÉDIT.

———

Mes amis, suivez-moi sous ce toit de verdure,
    Je vous conterai l'aventure
    De ce bon maire de Talant,
    Qui, pour son esprit, sa figure,
    Son air magistral, sa carrure,
    Son ton railleur et sa droiture,
Fut constamment cité comme un type excellent.

L'histoire est véritable, au moins on me l'assure.
    D'ailleurs, si l'on ne me croit pas,
Combien d'autres conteurs sont dans le même cas !
    Respect toujours à ce bon maire

Sur lequel on m'aura trompé !
Il fut homme de bien, voilà la grande affaire.

Ce maire n'était point un maire à canapé ;
Il cultivait son champ. Lorsqu'il devait paraître,
    Il jetait bonnet, blouse, guêtre.
    On pouvait en lui reconnaître
    Le paysan le mieux huppé.

    Avec son habit noir râpé,
Son manteau sur ses flancs grotesquement drapé,
    Avec la laineuse perruque
Qui, blanche d'amidon, lui roule sur la nuque,
    Avec ses chausses d'apparat,
    Ses manchettes, son grand rabat,
Ses escarpins armés de clous en bon état,
    Avec cette longue rapière
    Qui vient battre sa jarretière
    Et lève sa pointe en arrière,
    Notre rustique magistrat
    Pourrait figurer au sabbat.

    Cessons de faire trop attendre,
    Par un long babil sans effet,

Le récit qu'on veut bien entendre.
Patience, voici le fait.

Dans les états de la province,
Au temps du grand Condé, je crois,
Notre bon maire, homme de poids
(De taille et de mérite il n'était pas trop mince),
D'un ton ferme donna son avis maintes fois,
Et du tonnerre de sa voix,
Ébranla le palais ouvert au nom des lois.
Du peuple, que l'impôt souvent pince et repince,
Il osait soutenir les droits.

Pourtant, à la table du prince,
Malgré des traits hardis dont on s'est souvenu,
Il va s'asseoir un jour en dîneur bienvenu.
Voilà que des valets, d'humeur assez railleuse,
Tout bas se mettent à gloser,
Et, nouant à plaisir une trame odieuse,
Du maire de Talant prétendent s'amuser.

L'un devant lui place une assiette
Où fume un mets fort agaçant ;
L'autre enlève soudain ce mets appétissant
Avant que le dîneur en ait pu prendre miette.

Et les valets de rire, et leur dupe muette
De trouver ce jeu-là fort peu divertissant.
En tapinois armé d'une lourde fourchette,
Dans son secret dépit le villageois les guette.
Pour lui bientôt arrive une aile de poulet ;
Va-t-elle s'éclipser comme telle ou telle autre ?
    La main subtile d'un valet
    S'avance... alors du bon apôtre
Un grand coup de fourchette a puni le méfait.

Bruit sourd... Condé surpris veut en savoir la cause :
« Mon prince, ce n'est rien. — Maire, c'est quelque cho.
    — Parlez, parlez ; je veux savoir...
— Mon prince, il n'est rien là qui vous puisse émouvoir.
Ceux qui ne savaient pas leurs lettres les apprennent.
    Vos gens maintenant me comprennent...
- Je ne vous comprends pas, maire, expliquez-vous mieux
    Le cas me paraît sérieux.
Parlez, je vous l'ordonne...—Eh bien ! je vais tout dire,
    Et cela sans trop de façon.
    Vos valets ne savent pas lire,
    Je leur donnais une leçon.
    Ce grand flandrin qui se retire,
Et qui me desservait assez mal à propos,
    Prenait les ailes pour des os. »

Le grand Condé se mit à rire,
Et le rire d'un prince a toujours des échos...

De tous les calembours ceux que le plus j'admire
Sont ceux où la gaîté naïvement respire ;
Et puis on n'y doit pas regarder de trop près.
Le discours le plus sage a souvent peu d'attraits.
Rions : pour un instant cela doit nous suffire ;
     Nous philosopherons après.

Paris, 1er décembre 1841.

LES OISEAUX.

FABLE.

———

Un rossignol chantait; sa douce mélodie
  Plaisait à l'écho bocager.
  Attentif, un jeune berger,
Approchant doucement, oubliait la prairie
Et les tendres agneaux paissant l'herbe fleurie,
Sous la garde du chien qui doit les protéger.

  Certains oiseaux du voisinage
  Voulurent briller à leur tour,
  Et de leur discordant ramage
Retentirent bientôt les rochers d'alentour.
  Merle siffle, corbeau croasse,

Et le geai de crier en chœur avec l'agasse.

　　Il n'est pas jusqu'au vieux hibou

Qui, tout fier du surnom de l'oiseau de Minerve,

Sans attendre la nuit veut déployer sa verve,

Et se prend à gémir sur le bord de son trou ;

　　La cacophonie est complète.

De ce charivari le berger courroucé

Sur l'orchestre emplumé fait voler sa houlette,

Et le congrès bruyant est soudain dispersé.

Le merle, toujours plein d'un sentiment hostile,

　　A rallié ses compagnons.

« Le berger, leur dit-il, retourne à ses moutons,

　　De son absence profitons,

　　Et rendons notre haine utile...

　　Amis, ce maudit rossignol,

　　Sur le dièse et le bémol,

　　Plus que nous cent fois est habile.

　　Pourrons-nous jamais l'effacer ?

Oui ; j'en sais le moyen, moyen sûr et facile :

　　De ces bois il faut le chasser.

　　Sur lui tombons à l'improviste.

　　Coups de bec et mort s'il résiste.

Qu'il se taise. A tout prix nous saurons l'y forcer,

　　— Coups de bec et mort s'il résiste. »

Répètent les oiseaux, brûlants de l'expulser.

À l'attaque la bande impie
Se décide sans balancer.
Le merle précède la pie,
Déjà si prompte à s'élancer.
Que le rossignol parte ; il y va de sa vie...
Des cosaques ailés quel terrible hourra !
Beau chanteur, prends ton vol, ou ton sang coulera.

Souvent un grand courage à rien ne remédie.
Devant les coups de bec le rossignol s'enfuit.
Le merle en sifflant le poursuit
Jusques à l'endroit le plus sombre
Où des chênes touffus épaisissent leur ombre ;
Puis, son œil cherche en vain l'agile rossignol
Sous les rideaux mouvants qui protégent son vol.

L'amphion ne craint plus une lâche croisade ;
Mais il se tait, battu, sifflé, triste et malade.
« Ma gloire, pensait-il, ici va se flétrir.
Je ne chanterai plus. Se taire, c'est mourir... »

Il est seul. Qu'ai-je dit ? D'une voix douce et tendre

Le son mélodieux soudain se fait entendre.
Une fauvette est là, qui, sensible à ses maux,
N'a point perdu sa trace au travers des rameaux.
« Honneur de la nature au printemps rajeunie,
Ne livre point ton âme à la mélancolie,
Dit-elle au rossignol, du ton compatissant
Qui sur un cœur malade est toujours si puissant.
Le merle t'a sifflé; mais dans tout le bocage
Que d'auditeurs émus de ton divin ramage!
Au nom de tes chagrins, que j'ai su déplorer,
Chante encor; la fauvette est là pour t'admirer...

— Ta consolante voix adoucit ma souffrance,
Fauvette; tu me rends la vie et l'espérance...
Répond le rossignol, le cœur tout attendri;
Un jour je reprendrai ma plaintive romance,
Quand un nouveau printemps aura tout refleuri.
      En attendant, de mon silence,
Fauvette, je t'invite à consoler nos bois;
Gazouille!.. en redisant ta naïve cadence,
      Les échos oublîront ma voix.»

Trop souvent le génie est en butte à l'outrage;
      Mais des gens de bien le suffrage

Dans ses maux vient le consoler.

Bientôt il retrouve un courage

Que de nouveaux revers ne peuvent plus troubler.

Il s'avance tranquille au milieu de l'orage,

Et laisse les merles siffler...

———

DIOCLÉTIEN A SALONE,

ou

LA LAITUE DE L'EMPEREUR JARDINIER[1].

ANECDOTE TIRÉE DE L'HISTOIRE ROMAINE.

De la vertu paisible asile tutélaire,
L'humble séjour des champs quelquefois a su plaire
Au grand roi devenu modeste citoyen.
L'histoire avec honneur cite Dioclétien.
Ce prince, délivré du poids de la couronne,
Retrouva le bonheur dans les champs de Salone.

Le trône le rappelle, il peut y remonter.
« Ah! dit-il aux Romains qui viennent le tenter,

---

[1] Ce morceau est extrait de mes *Athénéennes*; un vol. grand in-8° de 400 pages, publié en 1837.

Loin de moi, loin de moi la puissance suprême !
Mon front a secoué le joug du diadème,
Et son frivole éclat n'éblouit plus mes yeux.
Gardez ce vain hochet pour quelque ambitieux
Qui veuille se charger, dans le siècle où nous sommes,
Du difficile emploi de gouverner les hommes.
Je les connais... Pour Rome, hélas ! je ne puis rien.
Le sceptre veut un bras plus ferme que le mien,
Un bras qui des méchants enchaîne le délire.
Si je régnais encor, je voudrais dans l'empire,
Montrant un front sévère aux mortels corrompus,
Rétablir avec moi le règne des vertus :
Amis, d'aussi beaux jours ne peuvent plus renaître.
Jadis je fus trompé, puis-je manquer de l'être?
Sans cesse, dans ma cour, entouré de flatteurs,
J'agirais sur la foi de leurs avis menteurs.
Je dis plus : avec soin que ma prudence veille,
Et que la vérité parvienne à mon oreille,
Quels efforts généreux seconderaient les miens?
Les méchants, des abus trop éloquents soutiens,
Plaideraient contre moi la cause de leurs vices,
Et je succomberais sous leurs sanglants caprices...

Gardez-vous de penser que je craigne la mort.
Je courrais au trépas s'il changeait votre sort ;

Mais je mourrais sans fruit; ma perte, prompte et vaine,
Aggraverait encor le poids de votre chaîne.

Laissez-moi donc, amis, dans cet asile obscur,
Rechercher un bonheur simple, facile et pur.
Laissez-moi respirer l'air de mes frais bocages,
Suivre de l'œil mes bœufs dans leurs gras pâturages,
Ou les voir, sous le joug courbant leur large front,
De mes champs nourriciers ouvrir le sein fécond.
Laissez-moi cultiver ces jardins où Pomone
Me prodigue ses dons, sans attendre l'automne.
Ce berceau si touffu, c'est moi qui l'ai planté.
J'y brave en plein midi tous les feux de l'été;
Je viens y savourer les veilles du poëte;
Mon oreille y jouit du chant de la fauvette;
Les accents des oiseaux sont plus doux mille fois
Que ceux des vils flatteurs qui corrompent les rois...

Ce n'est pas tout, je veux étonner votre vue :
Mes amis, venez voir ma superbe laitue.
Par mes soins arrosée avec profusion,
Elle peut défier les ardeurs du lion.
Venez, venez la voir, et prononcez vous-mêmes
Si je puis désirer les plus beaux diadèmes;
Dites, en contemplant le bonheur dans mes mains,

Si je dois le chercher au milieu des Romains...»

Nulle instance ne peut décider ce grand homme
A prendre de nouveau le gouvernail de Rome.
Il préférait les champs à la pompe des cours,
Et dans un doux repos il termina ses jours.

———

L'AIGLE, LE MERLE ET LE SERPENT.

FABLE.

Dans les plaines de l'air, de sa route écarté,
    Un aigle, jouet de l'orage,
Par la fureur des vents las d'être ballotté,
    Sur un chêne du voisinage
    Un moment s'était arrêté.

Par un des habitants les plus sots du bocage,
    Par un merle il est insulté.
    Hélas ! le sarcasme et l'outrage
    Sont la part de l'adversité.
    L'aigle, qui pourrait le confondre,
Fièrement le regarde, et lui dit d'un ton sec :

« Je dédaigne de te répondre ;
Tu ne vaux pas un coup de bec. »

Ainsi donc l'oiseau du tonnerre
Écoutait sans émoi de stupides propos.
    Survient un second adversaire :
Les méchants font toujours chorus avec les sots.

« Aigle, dit un serpent qui se glisse sous l'herbe,
Te voilà renversé de ton trône superbe.
    La juste colère des dieux
A bien fait de punir ton vol audacieux.
Plus de flatteurs ; où sont ces accents gracieux
Que désormais remplace une franchise acerbe ?»
Il termine ces mots par quelque vieux proverbe ;
Puis se met à siffler, à siffler de son mieux.

    « Tais-toi, tais-toi, lâche reptile,
    Répond l'aigle avec dignité.
    Va ! ton insolence stérile
    N'a rien dont je sois attristé.
Devant moi s'ouvre encore un avenir de gloire...
A l'orage un moment j'ai cédé la victoire ;
Mais des autans je veux triompher à mon tour ;
Dans l'Olympe le monde apprendra mon retour.

Aujourd'hui je remonte aux champs de la lumière,
Et toi, reptile impur, subis l'arrêt des dieux ;
    Cache ton front dans la poussière ;
Sur le ventre fournis ton ignoble carrière :
La fange est le séjour qui te convient le mieux.
Qu'il est beau le péril au séjour du tonnerre !
    Celui qui rampe sur la terre
N'aura jamais l'honneur d'être tombé des cieux. »
    Il dit, et d'une aile intrépide,
    Il fend l'air encore agité,
Devant merle et serpent, qui, d'un œil hébété,
    Le suivent dans son vol rapide.

Tout cède au noble espoir qui l'enflamme et le guide ;
Il s'élève toujours avec plus de fierté,
Et dans les cieux enfin plane avec majesté.

Les sots et les méchants, dans leur lâche manie,
N'adressent au malheur que des discours amers ;
Mais en vain l'insolence outrage le génie ;
Le génie en géant se montre à l'univers.
    Comme l'aigle que rien n'arrête,
S'il tombe, il se relève, il brave la tempête,
    Il grandit au sein des revers...

    Paris, 1836.

LE CANDIDAT NON ÉLU.

———

« Que mon heureux destin m'ouvre l'Académie,
Disais-je, et pour jamais ma gloire est affermie.»
Le docte aréopage a proclamé son choix,
Je n'ai pas obtenu même une seule voix...
Ainsi donc c'en est fait de ma candidature :
Et peut-être ai-je eu tort de tenter l'aventure...
Sur mon faible mérite, hélas! j'ai trop compté ;
Mais quel cerveau ne loge un peu de vanité?

A franchir votre seuil, illustre Académie,
Ai-je été convié par quelque bon génie?
Non ; loin des immortels humblement retiré,
Dans mon asile obscur je végète ignoré.

Des heureux sous leur char font voler la poussière;
La ronce aux dards aigus hérisse ma carrière.
Quel poëte est venu me dire : «Voulez-vous
Partager les lauriers qui fleurissent pour nous? »
Autrefois le mérite était chose sacrée;
La Muse ingénieuse était comme adorée;
Sa présence enfantait l'extase et le bonheur;
Les grands de la fêter se disputaient l'honneur;
Son temple était parfois dans un cinquième étage;
Ils ne rougissaient point d'y porter leur hommage.
« Muse, lui disaient-ils de l'accent le plus doux,
Nous vous aimons, venez vous asseoir parmi nous. »
Aujourd'hui l'abandon des puissants de la terre
De la Muse craintive est le triste salaire.
Son noble front, paré d'un bandeau lumineux,
Des *Turcarets* n'obtient qu'un rire dédaigneux.
Avec plus de respect l'auguste Académie
Aux sublimes talents ouvre une porte amie;
Mais quel encens doit-elle à des dieux inconnus,
Dont les noms sont encor dans l'ombre retenus?
Peut-elle deviner le poëte modeste
Caché sous le boisseau d'un silence funeste?
Ce silence est le tort d'un siècle industriel
Préférant les railways à des chants fils du ciel.

Pour la gloire enflammé d'une ardeur peu commune,
Je n'encensai jamais l'autel de la Fortune ;
Elle s'en est vengée. En butte à ses mépris,
Je vis loin de sa cour et de ses favoris.
Son cœur hautain jamais ne pardonne au rebelle
Qui ne veut point fléchir le genou devant elle ;
Mais des honnêtes gens l'estime est un trésor
Qui console mon âme et lui rend son essor.

Connaît-on mes travaux ? Non, non ; la Renommée
N'a point vanté ma Muse à la France charmée ;
Mes vers coulent sans bruit ; et, d'échos en échos,
Mon nom n'a point volé sur l'aile des journaux.
Par un scrupule extrême, on pourrait dire étrange,
Je n'ai ni mendié ni payé la louange ;
La flatteuse *réclame*, au gré de mon espoir,
N'a point en ma faveur usé son encensoir,
Et je reste *inconnu*, bien que dans mainte salle
Qu'aux amis des Neuf Sœurs ouvre la capitale,
La foule pour m'entendre ait accouru cent fois,
Soigneuse d'applaudir aux accents de ma voix.
Ici trop de fierté perce dans mon langage ;
La douce modestie est mieux à mon usage ;
Pardonnez sa franchise à mon cœur ingénu ;
Il me pèse, le nom de poëte *inconnu*.

Ce nom disgracieux, à mes désirs contraire,
Par-dessus tous les noms est fait pour me déplaire.
Ah! puissent mes travaux, à de meilleurs destins,
Me donner quelque jour des titres plus certains!
Courage! D'un revers loin d'avoir l'âme aigrie,
Je vois avec orgueil que ma noble patrie,
Dont le monde savant doit recevoir la loi,
Compte des écrivains plus habiles que moi.
Mon rival, mon vainqueur[1] est homme de mérite,
Son triomphe n'a rien qui m'afflige ou m'irrite.
Ceux qui de leur suffrage ont couronné ses vœux
Ont fait ce qu'ils devaient; j'aurais jugé comme eux.

Quels titres sont les miens? Sur mes ATHÉNÉENNES,
Insensé! je fondais des espérances vaines;
Le public m'a trompé : ses applaudissements
Avaient de trop d'orgueil enflé mes sentiments.
J'aurais dû m'arrêter au bord du précipice
Et de ma folle ardeur faire le sacrifice;
D'un brillant avenir voyant le seul éclat,
Les yeux tout éblouis, je courus au combat.

Je suis vaincu; pourtant je lève encor la tête.

[1] M. Patin.

Toujours ambitieux de la même conquête,
De nouveau j'oserai... Ciel, protége mes vœux !
Demander de la gloire à des cœurs généreux.

A des illusions si mon cœur s'abandonne,
Qu'à mon fragile espoir l'indulgence pardonne.
De leur charme toujours je me suis souvenu,
Et dans mes longs efforts elles m'ont soutenu ;
Elles me soutiendront plus d'une fois encore.
A la fin pour ma tête un laurier peut éclore ;
Mais si son vif éclat d'avance m'a charmé,
Pour le cueillir il faut combattre mieux armé.

Croit-on que le malheur m'ôte mon énergie ?
Non ; voyez le soldat qui défend sa patrie,
Quelle audace il déploie en montant à l'assaut !
Repoussé, de son front le sang coule à long flot...
N'importe, il a sur l'heure oublié sa blessure,
Le sang des ennemis lavera son injure.
Au plus fort du danger vous le voyez courir ;
Pour devise il a pris ces mots : VAINCRE OU MOURIR.

Paris, 10 mai 1842.

L'ENFANT ET LA VIOLETTE.

FABLE.

———

Quelquefois l'apparence est trompeuse et funeste;
Cent preuves sur ce point viennent se présenter.
D'un enfant imprudent le triste sort l'atteste.
Ce seul trait suffira, je vais le raconter.

Un enfant, dans un pré voisin d'un vert bocage,
    S'amusait à cueillir des fleurs.
Il voulait se parer de leurs vives couleurs:
   Le lendemain c'était fête au village.
Un vieillard le rencontre et lui tient ce langage:
    « Mon bon ami, tu n'es pas sage
    De fouler sans précaution

Cette herbe épaisse où maint reptile
Aurait pu se glisser, comme en un sûr asile ;
Prends bien garde...» A ces mots, rempli d'émotion,
Le front pâle, l'œil fixe, et de quelque vipère
Croyant déjà sentir l'atteinte meurtrière,
    L'enfant fit trois pas en arrière...
   Et le vieillard, vers le hameau voisin,
   Tranquillement poursuivit son chemin.
    Cependant le zéphyr badin,
    Agitant son aile légère,
Des parfums les plus doux embaumait l'atmosphère.
    « Oh ! quelles suaves odeurs !
Qui peut les exhaler, dit l'enfant en lui-même ?
Ah ! sans doute ce sont les plus brillantes fleurs,
    Et j'aurais un plaisir extrême
Si je pouvais encor les joindre à mon bouquet.
Elles sont à deux pas, du côté du bosquet.
Si j'osais... mais je crains... — Que ta frayeur est sotte,
Dit une violette au jeune ambitieux !
Quoi ! tu ne vois donc pas que ce prêcheur radote ?
Souvent l'homme radote, hélas ! quand il est vieux.
Le bonheur du jeune âge est un bien qu'on lui vole.
Inhabile aux plaisirs, son dépit se console
    Par des sermons fastidieux.
    Ce barbon que je suis des yeux

Rit tout bas de ta peur frivole.

Pauvre enfant! j'en suis sûre, il se moque de toi.

Tu n'as rien à risquer, je t'en donne ma foi,

Ma foi de violette! Et c'est, je crois, tout dire.

Viens donc, aimable enfant! bannissant tout effroi,

Cède au charme secret qui près de moi t'attire... »

Elle étale, à ces mots, les trésors de son sein

Que fleur nouvelle éclose est belle le matin!

L'enfant fait quelques pas, et s'arrête, et soupire;

      Puis s'abandonne à son destin.

      Déjà son indiscrète main

Écarte brusquement l'herbe molle et touffue...

Dieux! quel cri douloureux soudain perce la nue!

Un reptile, au corps souple, à l'œil étincelant,

Se déroule, se dresse et s'élance en sifflant...

Déjà ses dents, de rage et de poison gonflées,

Ont fait couler la mort dans les veines troublées

De cet enfant meurtri, déchiré, pantelant.

Son front se décolore, et ses genoux fléchissent;

Et, tel qu'un lis flétri par un souffle brûlant,

Il tombe inanimé sur le gazon sanglant.

Les nymphes d'alentour accourent et frémissent...

Hélas! pour rallumer le flambeau de ses jours,

On lui prodigue en vain les plus touchants secours.

Aux plus tendres baisers il demeure insensible :

     C'en est fait, ô Parque inflexible !

     Le venin rapide et cruel

A fait jusqu'à son cœur passer un froid mortel...

Nymphes des bois, et vous, nymphes de la prairie,

Il reste dans vos bras sans chaleur et sans vie.

     L'œil humide, le cœur en deuil,

     Des mêmes fleurs dont à la fête

     Il voulait couronner sa tête,

     Vous avez paré son cercueil...

LE POETE-PEINTRE DEVENANT AVEUGLE [1].

ÉLÉGIE.

———

Gloire aux beaux-arts! Les dieux, protecteurs des humains,
Les ont laissés pour nous échapper de leurs mains.
Mais à notre bonheur quel noir destin s'oppose!
Le cyprès croît pour l'homme à côté de la rose.
Si la rose elle-même, orgueil de nos jardins,
Si la reine des fleurs, chère aux zéphyrs badins,
Étale à nos regards des couleurs ravissantes,
Son sceptre est entouré d'épines menaçantes.

Dans la coupe des dieux si nous pouvons puiser,

[1] Cette élégie, lue dans une séance publique de l'Athénée des Arts, Sciences et Belles-Lettres de Paris, est tirée de mon volume d'*Épîtres et Poésies diverses*, qui a paru en 1828.

De l'ambroisie au moins gardons-nous d'abuser!
Je l'ai fait, et des dieux la vengeance est complette.
Je prenais tour à tour la lyre et la palette;
C'était pour un mortel trop de félicités,
Et la douleur succède à tant de voluptés.

O toi, dont les secrets sont ceux de la nature,
Toi que j'idolâtrai, séduisante peinture,
Combien j'étais heureux de vivre sous tes lois!
Tes pinceaux l'emportaient sur le sceptre des rois.
Mais je l'apprends trop tard, cruelle enchanteresse,
Tu m'as vendu bien cher quelques moments d'ivresse;
De mes yeux éblouis par tes dons immortels,
J'ai payé trop d'encens brûlé sur tes autels.

Sur ma vue un réseau de sinistre présage.
Étend de plus en plus un funeste nuage,
Et quelque affreux démon, par son souffle fatal,
De mon œil qui s'éteint obscurcit le cristal.
Des objets ce miroir, à mes désirs rebelle,
Ne me retrace plus qu'une image infidelle.
Ce qui m'est le plus cher, ah! c'est trop me punir,
Ne se peint vivement que dans mon souvenir,
Et c'est moins à ses traits qu'au son de sa parole,
Que mon cœur reconnaît l'ami qui me console.

Il me plaint, et mes maux décroissent de moitié.
Qu'un malheureux sent bien le prix de l'amitié!
Il regarde bientôt comme un dieu tutélaire
Le mortel généreux que touche sa misère.
Un doux tressaillement m'est encore permis
Quand ma main peut presser la main de mes amis.
Ils sont là, je leur parle... Ils sont là, je les touche...
Le bonheur... Ciel! quel mot est sorti de ma bouche!
Peut-il s'associer à des tourments secrets,
Cachés au fond d'un cœur dévoré de regrets?
Chassez ce noir Typhon qui, m'ôtant la lumière,
Élève entre eux et moi cette sombre barrière.
L'ombre reste. Espoir vain, je dois t'abandonner!
Ma seule émotion pourra les deviner.
De leurs regards, où brille un tendre témoignage,
Les miens ne peuvent plus entendre le langage.
Et toi, dont les serments aux miens ont répondu,
Pour moi ton doux sourire est à jamais perdu.
Mon sort pour ma famille est un sujet d'alarmes.
Moi-même, jeune encor, j'ai versé bien des larmes.
Ma mère, ô souvenir douloureux et sacré!
Ma mère est morte aveugle; elle avait tant pleuré!...

D'Homère et de Milton partageant l'infortune,
Bientôt je vais traîner une vie importune,

Et former au hasard, par mon bâton conduit,
Des pas environnés d'une profonde nuit.
Dieux! quel sort!.. Ah! du moins, dans ma disgrâce amèr
Si j'avais hérité de la lyre d'Homère,
Je pourrais, émoussant les flèches du malheur,
Dans des chants immortels exhaler ma douleur.
Est-il quelques chagrins que n'apaise la gloire?
Qu'il est doux d'espérer une longue mémoire!
Quel charme dans ces mots qui peignent tous mes vœux :
« Mon nom retentira chez nos derniers neveux!...»
Mais tant d'ambition de mon âme est bannie.
Homère m'a légué ses yeux, non son génie.
Le présent, l'avenir, tout m'échappe à la fois.
A la seule pitié j'ai conservé des droits.
La nuit, sœur de la mort, me tient sous son empire.
Le talent m'abandonne, et mon orgueil expire :
Désormais à la gloire il me faut renoncer.
Sur ma lyre ma main commence à se glacer.
Des dieux cruels, qu'en vain mon désespoir accuse,
A d'impuissants efforts ont condamné ma muse.
Pourtant je chanterai pour tromper mes ennuis,
Comme autour d'un tombeau l'oiseau plaintif des nuits.

Soleil, tu luis en vain sur ton char de lumière;
Du Poussin devant moi se ferme la carrière.

Admirateur du beau, mes avides regards
Autrefois dévoraient les chefs-d'œuvre des arts ;
Mais l'artiste aujourd'hui, prodigue de merveilles,
Étale en vain le fruit de ses sublimes veilles :
Le Louvre, dont l'éclat sut jadis m'éblouir,
Fait briller des trésors dont je ne puis jouir.
La nature, instruisant ses disciples fidèles,
Leur présente partout d'admirables modèles ;
Tous ses charmes pour moi demeurent superflus.
Mon pinceau studieux ne retracera plus
Ni le cristal des eaux, ni l'émail des prairies,
Ni les bosquets féconds en douces rêveries.
Je ne puis d'un beau ciel recueillir des leçons.
Du moins, ma bouche encor peut former quelques sons.
A ces sons du malheur s'émeuvent mes entrailles.
Il me semble chanter mes propres funérailles.
Qu'expriment, en effet, mes douloureux accords ?
Je respire, et déjà je suis au rang des morts...
L'aveugle ne vit plus... Dans son destin funeste,
Une voix pour gémir est tout ce qui lui reste...
Mortels compatissants, n'admirez point mes vers ;
Plaignez mon sort, mes pleurs couleront moins amers.

Paris, 10 novembre 1827.

LES CHEMINS DE FER.

DIALOGUE [1].

———

GRANDVAL et SAINT-LÉGER.

SAINT-LÉGER.

Êtes-vous prêt? partons!

GRANDVAL.

        Non; partez seul, je reste.
— Je ne partirai point sans vous, je le proteste;
On nous attend tous deux ce soir à Saint-Germain.
— Ce soir? non, remettons ce voyage à demain.
— Je n'attends point. — Partez, et moi, dans la soirée,
Je m'inscris, et demain je prends l'*Accélérée*.

---

[1] Lu dans la séance publique de la Société d'Encouragement pour les Lettres et les Arts, tenue le 26 novembre 1837, dans la grande salle Saint-Jean de l'Hôtel-de-Ville de Paris.

Vivent les Omnibus ! — Ces discours sont noûveaux,
Les *Omnibus* n'étaient que de lourds tombereaux !
— Je ne les aimais point d'abord, je le confesse ;
Mais ils ont quelquefois soulagé ma paresse,
Je leur ai pardonné leurs cahots, leur lenteur.
Quand donc s'arrêtera notre esprit novateur ?
— Jamais. Et pourquoi donc voulez-vous qu'il s'arrête ?
La raison veut aller de conquête en conquête.
— La raison ? elle est folle ; et, pour nous exploiter,
Vos chers industriels ne savent qu'inventer.
Le pot-au-feu, tout chaud, circule dans la ville,
Le long d'un mur s'élève un échafaud mobile ;
A ma porte se creuse un puits artésien ;
Plus loin s'enfle un ballon ; mais tout cela n'est rien,
Si la vapeur ne sait, bravant mille aventures,
Donner le vol de l'aigle à de lourdes voitures ;
Et voilà qu'un wagon, dévorant le chemin,
Rapproche, en un clin d'œil, Paris et Saint-Germain !

Est-il bon que l'on puisse avec autant d'aisance
Franchir comme un oiseau la plus longue distance,
Et que de vingt climats les habitants lointains
Viennent imprudemment mélanger leurs destins ?
Paris sur les wagons aujourd'hui s'émerveille,
Toutes les nouveautés nous font dresser l'oreille ;

Mais savons-nous prévoir et surtout prévenir
Les maux qui surgiront du sein de l'avenir?...

— Au tragique, vraiment, vous prenez cette affaire!
— A louer vos wagons je ne puis me complaire.
— J'y vois un appareil que je sais admirer.
— Moi, la source de maux que je dois déplorer.
— Vous m'effrayez! de près il faut qu'on y regarde.
Et quels sont donc ces maux que l'avenir nous garde?
— Un badaud s'aventure et se casse le cou;
Mais voici cent fois pis que la perte d'un fou:
Entre les nations, un jour, plus de barrière,
Plus de peuples distincts! pour tous même carrière,
Celle du gain, féconde en vices désastreux!
Plus d'amour du pays! plus d'élans généreux!
Le Français n'aura plus cette ardeur qui l'anime
Et fait de notre France un peuple magnanime;
Il sera tour à tour Anglais, Turc, Algérien,
Danois, Russe, Espagnol, tout, et dès lors plus rien.

A des cœurs que dessèche une ardeur exotique,
Qu'on ne demande plus du foyer domestique
Le naïf abandon, les modestes penchants,
Et ces nœuds de famille autrefois si touchants!
On calcule combien produira tel voyage;

On sera bientôt riche; en faut-il davantage?

A peine de retour, vite on court s'enfermer,

On compte ses écus; a-t-on le temps d'aimer?

—Pourquoi non, je vous prie? En peu de jours d'absence

L'amour et l'amitié perdront-ils leur puissance?

Un heureux voyageur, revenu dans Paris,

Des doux épanchements sentira mieux le prix.

S'il vient de loin, combien de piquantes nouvelles!

Que de graves leçons passeront avec elles!

Pour entendre sa voix comme on va l'entourer,

Et, le souffle en arrêt, des yeux le dévorer!

— Et si ce voyageur vient à mourir en route,

Adieu ses beaux récits! adieu qui les écoute!

Je frémis, en songeant aux dangers du chemin.

Encor si l'on n'allait que jusqu'à Saint-Germain!

Mais qui sait les périls dont nous menace en France

Cet esprit novateur qui fait votre espérance?

Bientôt quelque appareil de nouvelle façon

Va nous lancer d'un trait de Paris au Japon.

Partout et nulle part sera notre devise.

Faut-il que je m'explique avec pleine franchise?

Le seul mot d'*innover* m'inspire de l'effroi.

Anathème aux wagons!.. — De grâce! écoutez-moi:

Regardez d'un autre œil l'essor de l'industrie

Liant tous les humains à la grande patrie.

— Système! Ne peut-on, sans vos chemins de fer,
Obtenir ce lien qui vous semble si cher?
Mais on veut *innover*... — Oui, la raison n'aspire
Qu'à saisir les moyens d'étendre son empire.
Chez nous, si nos aïeux n'eussent pas innové,
Le temps de Dagobert se serait conservé.

Quelle est de nos malheurs la source trop féconde?
Les mille préjugés qui gouvernent le monde ;
Tous les temps, tous les lieux sont là pour l'attester,
Et votre bonne foi ne peut le contester.

Le ciel français est pur ; mais cent peuples au monde
Sont encore plongés dans une nuit profonde.
De l'aurore au couchant les humains dégradés,
Ne relevant jamais leurs fronts intimidés,
Sous la verge oubliant leur dignité première,
Devant leurs oppresseurs rampent dans la poussière.
A l'esclave le maître a dicté son devoir ;
Du bourreau la victime adore le pouvoir ;
Elle encense à genoux la volonté suprême
D'un despote enhardi par son orgueil extrême,
Et qui, d'un mot, d'un signe, au gré de son désir,
Du pal ou du cordon se donne le plaisir,
S'il ne trouve à l'instant une plus douce fête,

7

Quand son glaive, d'un coup, fait voler une tête.
A sa cour, comme traître un pacha signalé,
Sur de légers soupçons n'est-il pas étranglé?
Oh! combien de tyrans, dans des pays barbares,
De meurtres, chaque jour, sont encor moins avares!
Et ne savons-nous pas que, sous des cieux brûlants,
Des palais sont construits de crânes tout sanglants,
Et que vingt rois, charmés de l'aspect des supplices,
Font de chairs en lambeaux leurs plus chères délices?
A ces traits, effaçant ceux du tigre en fureur,
On a honte d'être homme, et l'on frémit d'horreur!
« Donnons, s'écrie alors une voix solennelle,
« Donnons à l'univers une face nouvelle!
« Anathème aux tyrans! et que, plus éclairé,
« L'homme relève enfin son front déshonoré! »

—Quels noirs tableaux! pourquoi ces lugubres images?
Le monde entier n'est point peuplé d'anthropophages.
— Non, des hordes en proie à leur férocité,
Partout ne règne point l'horrible cruauté ;
Mais à d'autres rigueurs justement abhorrées,
Combien de nations sont encore livrées!
Le teint hâve, les yeux de rage étincelants,
Des peuples de leurs mains se déchirent les flancs.
Notre pays lui-même a versé bien des larmes :

Avons-nous oublié le malheur de nos armes?
Ah ! nous voyons encor nos bras stigmatisés
Des fers qu'un dur vainqueur nous avait imposés.
Voici d'autres destins : le wagon sur ses ailes
Va nous faire voler à des palmes plus belles ;
Paisibles conquérants, jusque dans leurs états,
Nous irons visiter d'orgueilleux potentats.
Pour leurs peuples ouvrant une utile carrière,
A leur ciel ténébreux nous rendrons la lumière,
Et, la main dans la main, les vainqueurs, les vaincus,
En se connaissant mieux, ne se haïront plus.

Ne croyez pas qu'unis par les nœuds du commerce,
Le seul amour du gain d'un doux rêve les berce ;
Ils vont des étrangers étudier les mœurs,
Agrandir leur pensée et retremper leurs cœurs.
On verra le Français, rentré dans sa patrie,
Honorer comme avant cette mère chérie.
Toujours épris du beau, dans nos heureux remparts
Son or fera fleurir les lettres et les arts.
Des Français, remplissant leur mission nouvelle,
La langue deviendra la langue universelle ;
Nos disciples, jetés sous tant de cieux divers,
Liront avec amour notre prose et nos vers.

Les peuples seront là, notre France à leur tête:
L'Europe devant nous prendra l'habit de fête.
Nos clartés nous ont fait le peuple sans égal ;
Du bien la France en tout donnera le signal ;
Et si quelque tyran voulait rompre une chaîne,
Vrai garant du bonheur de la famille humaine,
Nous veillons sur le monde, et, d'un bras affermi,
Nous saurions au néant plonger son ennemi.

Montrant de plus en plus sa force salutaire,
La vapeur va changer la face de la terre.

—La vapeur ! jusque là n'ira point son pouvoir.
Je ne partage point votre brillant espoir.
Sans doute il serait beau qu'un paisible génie
Fît régner dans le monde une douce harmonie ;
Mais combien de wagons pour tout le genre humain,
Tels que ceux de Paris volant à Saint-Germain !
Où les prendre? — Attendez ! cette entreprise immense
Veut du temps et des soins. Tout s'apprête en silence ;
Sur les murs, un matin, vous lirez, tout surpris,
Qu'on arrive en un jour de Toulouse à Paris.
Douterez-vous encor du pouvoir des chaudières?
— Non, mais j'ai peu de foi dans ces aventurières.
— Des craintes? — C'est le mot, je n'en disconviens pas.

— Quoi ! c'est la peur ici qui retiendrait vos pas ?

— Oui, partez ! la prudence ordonne que je reste.

Je ne veux pas courir une chance funeste ;

Je suis peu curieux, je vous le dis tout clair,

D'être broyé sur place ou de sauter en l'air.

— Mon Dieu ! vous ne devez craindre ni l'un ni l'autre.

— Eh ! ma foi, je crains tout ! — Quelle erreur est la vôtre !

Songez que les périls sont d'avance connus,

Et tous les accidents avec soin prévenus.

Voyez de quelle ardeur, dirai-je quelle ivresse ?

Au bureau du voyage on se pousse, on se presse !

On assiége la porte, elle s'ouvre trop tard,

On voudrait avancer le moment du départ.

Enfin, billet en main, d'un pas leste on s'élance,

On prend place aux wagons, l'œil brillant d'espérance.

Déjà l'onde, à regret remplissant son destin,

Se courrouce et mugit dans sa prison d'airain ;

A ce courroux bruyant qui s'exhale en fumée,

La machine va prendre une allure animée.

Au son du cor on part ; au gré de la vapeur,

On glisse dans les airs, et personne n'a peur.

Sans crainte, un des premiers, j'ai tenté ce voyage,

Devant lequel ici fléchit votre courage.

Chaque jour, des vieillards, des femmes, des enfants,
Descendent d'un wagon, joyeux et triomphants.
Serez-vous plus peureux qu'un père de famille
Qui devrait s'effrayer pour sa femme et sa fille?
Faut il vous appeler le poltron des poltrons?
— Moi, poltron ! non, jamais. Me voilà prêt, partons !

LE PETIT VOYAGEUR.

ALLÉGORIE

RÉCITÉE PAR ADOLPHE A SON PÈRE, LE JOUR DE SA FÊTE.

———————

Un jour, un jeune enfant, faible autant que timide,
Avait à traverser un fleuve fort rapide,
Et si large surtout, que, même avec effort,
L'œil à peine pouvait distinguer l'autre bord.
Offrant de mille objets d'infidèles images,
L'horizon constamment se couvrait de nuages.

L'enfant, saisi de crainte en contemplant les eaux,
N'osait se confier aux caprices des flots.
Hélas! que devenir? Il se désole, il pleure.
« Sur ce triste rivage il faut donc que je meure!
Dit-il, en se laissant tomber sur un rocher.

Eh bien ! mourons !.. » Quel est ce bienfaisant nocher
Dont la touchante voix a frappé son oreille,
Qui le prend par la main, le flatte, le conseille,
Et qui, lui promettant son généreux appui,
Dans sa nacelle enfin le place auprès de lui ?
Est-ce un homme, est-ce un dieu descendu sur la terre ?
Je ne sais ; mais il a le sourire d'un père....
Il en a les doux soins et les tendres discours.

Le petit voyageur, heureux par son secours,
A chérir son nocher mettait sa jouissance ;
Chaque instant ajoutait à sa reconnaissance.

Ils voguaient. A la fin, le Temps, cruel vainqueur,
Du nocher secourable épuisa la vigueur.
Déjà la rame échappe à sa main défaillante.
Son compagnon, grandi, plein d'une ardeur bouillante,
S'en empare, et soudain, d'un bras nerveux et fort,
Il fend l'onde écumante, et pousse droit au port.

Succombant en chemin sous le poids des années,
Le vieillard a payé sa dette aux destinées.
C'en est fait, il n'est plus !... Le jeune voyageur
L'embrasse, et dans ces mots exhale sa douleur :
« O toi dont la bonté, protégeant ma faiblesse,

A travers tant d'écueils a guidé ma jeunesse,
A mon amour combien tes titres sont sacrés !
Que j'honore à jamais tes mânes révérés !
L'*Ile du Souvenir* se présente à ma vue,
J'y descends, et je vais y placer ta statue.
Tous les ans j'y viendrai, les yeux baignés de pleurs,
Couvrir ton front chéri de baisers et de fleurs. »

D'Adolphe, quelque jour, tel sera le langage.
Cher papa, tous les deux nous sommes en voyage.
Tu rames aujourd'hui ; mais, compte sur ma foi :
Lorsque tu seras vieux, je ramerai pour toi.
Triomphant du courroux de la vague ennemie,
Pour toi j'aplanirai le fleuve de la vie.
Reçois un gage pur de mes vifs sentiments :
Le baiser d'un bon fils vaut mieux que des serments.

LE BONNET DE COTON[1].

I.

Minuit sonne, je rentre. Oh! combien la journée
M'a paru longue! Enfin la voilà terminée!
De mon lit il est temps de tirer le rideau ;
Et d'abord à son clou suspendons mon chapeau.
Prenons une coiffure élastique et légère,
Due aux flocons venus d'une rive étrangère ;
Ce tissu blanc, flexible, au sommet panaché,
Mon bonnet de coton.... Voilà son nom lâché.
Je le mets sur ma tête ; et, si cela m'arrange,
Je puis l'enjoliver d'une large fontange,

---

[1] Cette pièce a été récitée avec un égal succès dans la dernière séance publique de l'Athénée des Arts, Sciences et Belles-Lettres de Paris, le 12 mai 1839, et dans l'avant-dernière séance solennelle de l'Académie de Dijon, le 21 août suivant.

Rose, comme le font quelques amants chéris,
Ou jonquille, couleur agréable aux maris.
Les goûts sont variés.... Chacun sur sa parure
Veille à sa fantaisie. Un ruban fait figure;
Mais à quoi bon pour moi? Je vais, dans un moment,
Goûter un doux sommeil sans ce vain ornement.

II.

Que j'aime ce blanc pur comme l'aile du cygne!
Un chiffon de couleur de mon front n'est pas digne;
Et d'ailleurs, pour dormir faut-il tant se parer?
Les yeux fermés, la nuit, qui songe à se mirer?
Dans la vieille Neustrie, où le goût fait merveille,
Les femmes, en plein jour, ont bonnet sur l'oreille;
Pour jouir des honneurs du bonnet de coton,
Une jeune beauté vendrait son cotillon.

III.

On a quitté trop tôt la manche à l'imbécile;
Elle convenait tant à Sophie, à Lucile!
Pour mille autres encore elle était un bon lot.
De même on a laissé les manches à gigot.
Le bonnet de coton sera toujours de mode.

Est-il dans l'univers coiffure plus commode?
Au vouloir du dormeur il sait se façonner.
Sur l'une et l'autre oreille on peut se retourner,
Sans que, de sa roideur féconde en vrais supplices,
Il vienne d'un doux rêve entraver les délices,
Et que, de son bon maître obscur persécuteur,
Il le tire en sournois d'un sommeil enchanteur.

IV.

Les foulards sont jaloux d'une gloire pareille :
Ils se roulent... de rage... Oh! vraiment, je conseille
A messieurs les foulards de prendre le haut ton,
Et de livrer la guerre aux bonnets de coton!
Leur audace, à coup sûr, ne serait pas soufferte ;
Ils seraient promptement repoussés avec perte.
Oui, messieurs les foulards, calmez votre courroux,
Les bonnets de coton sont plus nombreux que vous ;
Plus nombreux, c'est tout dire... Orgueilleux, prenez garde!
Contre un monde, en champ clos, dupe qui se hasarde.
Les peuples sont bien forts, parfois mauvais plaisants,
Leur colère est terrible... avis aux courtisans,
A vous, brillants foulards! Muets chez nos ancêtres,
Aux bonnets de coton vous parlez trop en maîtres.
Tout le peuple bonnet commence à vous honnir.

Se montrer seulement, ce serait en finir.
Qu'osez-vous espérer de la faible rosette
Qui couronne vos plis d'une façon coquette?
Quand vous vous tortillez comme de vrais serpents,
Le bonnet de coton se raille à vos dépens.
Vainement la garance à la brillante soie
Se complaît à donner maint reflet qui chatoie;
Bien qu'au front du dandy vous montiez menaçants,
Vous n'intimidez point vos ennemis puissants.
Leur foule, à vos replis, peut-elle être alarmée?
Vous vous tordez en vain... Voyez la belle armée
Qui n'a pour son appui que des nœuds imparfaits,
Et qu'on peut disperser toute à coups de bonnets!
Comptez-vous... Mon conseil est des plus salutaires;
Car, pour quelques dandys, combien de prolétaires!

V.

La force, direz-vous, ne prouve rien. — D'accord!
Voyons de quel côté sont le droit et le tort :
Je dis que le foulard, tout rempli de jactance,
Ne sut jamais garder son poste avec constance,
Prompt à quitter, en lâche, un malheureux dormeur
Qui s'éveille... et longtemps le cherche avec humeur.
Le bonnet de coton, des bonnets le modèle,

Ne quitte point son maître, en valet infidèle ;
Et, par des trahisons bien loin de l'offenser,
Il l'embrasse, il l'étreint sans jamais le blesser.
A tous ses mouvements, d'une maille docile
Il prête la souplesse attentive et facile,
Le protége toujours avec un soin nouveau,
Et sauve à son dormeur les rhumes de cerveau.
Casque, mitre, béret, diadème, tiare,
A toi, bonnet chéri, non, rien ne se compare ;
On dort, dans du coton, plus calme et plus serein
Que dans des cercles d'or, ou de fer, ou d'airain.

VI.

Sur nous notre coiffure exerce une influence
Dont on ne peut nier la magique puissance.
Voyez cette beauté qui, la fleur aux cheveux,
Ouvre d'un air coquet ses grands yeux noirs ou bleus ;
Voyez ce magistrat qui, sous sa large toque,
Se renfle.... en affectant une morgue baroque ;
Voyez ce général.... son superbe chapeau
Lui donne un air plus fier, et rend son front plus beau.
Voyez ce député, d'humeur toute moutonne,
Qui, gros et gras, jamais n'a querellé personne ;
Il est, pour sa rondeur, cité dans le canton :

Oh ! la bonne figure à bonnet de coton !
Voyez l'ignorantin.... sa calotte modeste
Le fait humble de cœur.... son langage l'atteste.
Voyez l'étudiant.... casquette de travers
Dénote tout d'abord une tête à l'envers.
Et ce prélat pieux ! la mitre qui le couvre
Déjà semble annoncer que pour lui le ciel s'ouvre.
Et ce fier potentat, quel éclat tout nouveau
Resplendit sur son front ceint du royal bandeau !

VII.

Moi-même, j'ai parfois trouvé que ma coiffure
Changeait mon caractère autant que ma figure.
Je suis tout bon enfant sous mon vieux chapeau rond ;
Mais, lorsqu'un chapeau neuf me serre trop le front,
Je me sens tout à coup d'une humeur moins traitable.
Je l'ôte, ce chapeau, tenaille insupportable,
Et, pour me montrer doux, affable, toujours moi,
De rester le front nu je m'impose la loi.

VIII.

Jadis, je m'en souviens, je portais un tricorne,
Et, le corps droit, j'étais d'une audace sans borne ;

Il ne fallait pas trop me marcher sur le pied,
Je me serais battu sans crainte et sans pitié.
Aujourd'hui je suis vieux ; plus de folle incartade.
J'ai, contre le duel, écrit une boutade.
En ami de la paix, quand je parlais raison,
J'étais coiffé, je crois, d'un bonnet de coton ;
Oui, je sortais du lit, j'avais fait un long somme,
J'étais calme et content : un lever de bonhomme.

IX.

Cher bonnet de coton, je sais à qui je dois
Cet amour de la paix.... que je souhaite aux rois....
Ils vivent au milieu du fracas des armées,
Ils ne rêvent que sang et villes enflammées ;
Je voudrais, tant je hais le sabre et le canon,
Voir tous les conquérants en bonnet de coton.
Loin de couvrir de morts la terre consternée,
Ils devraient tous dormir la grasse matinée....
Le bon roi d'Yvetot ne fut point conquérant,
Son bonnet de coton nous le montre plus grand.
Sans remords, il ronflait pendant la nuit entière,
Puis rouvrait tout joyeux ses yeux à la lumière.
Modeste dans ses goûts, paternel dans ses lois,
Il était juste et bon : c'est la grandeur des rois....

8

Je préfère aux splendeurs d'une vaste conquête,
Le simple bonnet blanc qui couronnait sa tête.

X.

Chacun, dans ce bas monde, a son goût : les combats
Ont des attraits puissants pour nos braves soldats.
Pour prendre un lit d'assaut, moi, je monte à la brèche.
Je porte un casque aussi, mais c'est un casque à mèche.
Si je sors du combat des bosses sur le front,
Sous le coton propice elles se cacheront....
Je m'arrête.... je crois remarquer que l'on bâille.
Messieurs, si le sommeil en secret vous travaille,
Oh! ne vous gênez pas, rentrez chacun chez vous,
Et gagnez votre lit si moelleux et si doux.
Bonsoir donc! De mes vers ma loyauté vous sauve :
Je ne vous suivrai point jusque dans votre alcôve.
Pour votre lait de poule appelez Jeanneton ;
Surtout n'oubliez pas le bonnet de coton!

UN NAUFRAGE.

ÉPISODE

Du Poëme d'OROMAZE,

PUBLIÉ EN 1832.

L'aquilon, dans le deuil voulant plonger le monde,
Promène ses fureurs sur les plaines de l'onde ;
A son souffle ont frémi les entrailles des mers,
Et l'écume déjà blanchit leurs flots amers ;
Ils s'irritent. Bientôt les vagues menaçantes
Heurtent avec fracas les vagues mugissantes.
Les eaux contre les eaux se brisent. Leur essor
Renaît pour se heurter et se briser encor ;
A travers mille écueils entourés de victimes,
Et surgissent des monts, et s'ouvrent des abîmes.
De funestes récifs ont déchiré les flancs
Des vaisseaux égarés sur les flots turbulents.

Un navire voguait; la brise salutaire
Promettait à sa voile un voyage prospère.
Tout à coup, près du port, par l'aquilon poussé,
Aux rochers du rivage il périt fracassé.
Sur l'un de ses débris un vieux père et sa fille,
Elle, son tendre époux et sa jeune famille,
Se tiennent embrassés, pâles, les yeux en pleurs....
« O mer! cruelle mer! apaise tes fureurs!
Dit le vieillard ému; vois! déjà le naufrage
T'a livré cent vaisseaux victimes de l'orage;
Laisse-nous aborder sur ce triste débris.
D'un peuple dans l'effroi n'entends-tu pas les cris?
En nous tendant les bras, nos amis nous attendent;
A tes flots irrités leurs pleurs nous redemandent.
Si nos gémissements ne peuvent t'attendrir,
Dispose de mes jours : je consens à mourir.
La tempête a déjà dévoré ma fortune.
Prends encore ma vie : elle m'est importune.
Que suis-je? La douleur et les ans m'ont vaincu;
Mais, hélas! mes enfants n'ont pas encore vécu.
Épargne, épargne au moins et mes fils et ma fille!
Grâce!... » Contre son cœur il pressait sa famille,
Quand l'implacable mer, dans ses flots étouffants,
Engloutit sans pitié le père et ses enfants.

LE DUEL [1].

―――――

La France au genre humain semble ouvrir la carrière.
Quel nom plus glorieux jette plus de lumière?
Dans les arts de la paix, dans les périls de Mars,
Elle a de l'univers attiré les regards.
Soyons fiers de fouler notre terre natale.
Vous qui traînez encor votre chaîne fatale,
Peuples européens témoins de nos succès,
Qui de vous osera s'égaler aux Français?
De leur front radieux le laurier vous défie.
Ils marchent au flambeau de la philosophie,
Et le siècle applaudit à leurs pas généreux.

[1] Discours prononcé dans une séance publique de l'Athénée des Arts, Sciences et Belles-Lettres de Paris, en 1833.

Pourtant des maux cruels pèsent encor sur eux,
Des maux qu'a fait surgir un point d'honneur bizarre.
Une fausse lueur trop souvent nous égare.
La Discorde, abusant notre faible raison,
A soufflé dans nos cœurs son funeste poison.
De puissants intérêts aujourd'hui s'entre-choquent.
Pour des opinions les haines se provoquent ;
Mais que prouve un duel contre un fait constaté ?
On peut tuer un homme et non la vérité.

Don-Quichottes nouveaux dont les yeux téméraires
Semblent autour de vous chercher des adversaires,
Et qui, dans les transports d'un zèle chaleureux,
Vouez à l'infortune un bras aventureux,
S'il est vrai qu'au malheur vous consacrez vos armes,
De l'univers en deuil il faut sécher les larmes.
Courez, le bras armé d'un glaive punisseur,
Appeler en champ-clos tout cruel oppresseur.

Des redresseurs de torts, jadis prompts aux querelles,
Vengeaient, la lance au poing, le renom de leurs belles ;
Mais, aussi braves qu'eux, les Grecs et les Romains
A d'indignes combats n'exerçaient pas leurs mains ;
Contre l'étranger seul ils tournaient leur épée,
Qui d'un sang citoyen ne fut jamais trempée.

Fils d'Athène, un héros, menacé du bâton,
Conserva, sans cartel, la gloire de son nom.
Chez nous, le faux honneur, dans son extravagance,
Commande à l'opprimé sa douteuse vengeance,
Et l'oppresseur, jaloux d'accroître ses exploits,
Immole sa victime à la face des lois!

Un spadassin hargneux, fier de mainte prouesse,
Connaît d'un ennemi l'impuissante faiblesse :
Il l'attaque, il le tue. A ce cruel combat
Quel nom donner? celui d'un lâche assassinat.
Et nous, d'un meurtre affreux qui reste sans supplices,
D'aveugles préjugés nous rendent les complices;
Nous qui forçons le faible à présenter son sein,
Et d'un nom triomphal saluons l'assassin!
Ah! ne rappelons point des temps de barbarie!
Mépris aux folles mœurs de la chevalerie!
Si les us féodaux sont des sources de deuil,
Fuyons-les! Plaçons mieux un légitime orgueil!
Quoi! suivre des vieux temps la ténébreuse ornière,
Nous qui nommons notre âge un âge de lumière!
Que, fort de sa raison, ce siècle ami des lois
Contre un horrible abus fasse tonner sa voix!
Pourquoi donc exhumer de gothiques usages
Dévorés par la rouille et flétris par les sages?

Au moment où l'Europe aime à nous regarder,
Ne faut-il se mouvoir que pour rétrograder?

Des préjugés poudreux, voilà les vrais coupâbles.
Du sang qui coule ils sont hautement responsables.
C'est par de sages lois qu'il faudrait les changer :
Nos modernes Solons feraient bien d'y songer.
Que, brisant de l'erreur le sceptre tyrannique,
La loi prête main-forte à la raison publique,
Et le faible, à l'abri des insultes du fort,
Pourra vivre honoré sans affronter la mort.

Faut-il que, soutenant une lutte inégale,
La vertu soit livrée à la force brutale?
Ah! du moins, que le fer, de son fourreau sorti,
Ne devienne jamais l'argument d'un parti!
Aux moindres questions que notre âge soulève,
Faut-il à l'écrivain répondre par le glaive?
C'est la plume qu'on doit à la plume opposer.
Voilà le seul combat qu'on puisse proposer.
Je me trompe ; un cartel serait exempt de blâme,
Entre deux potentats que la colère enflamme.
Puissent-ils, épargnant des flots de sang humain,
Vider seuls leur querelle une épée à la main !
Que deux frères, honteux d'une guerre fatale,

De leur lutte, en champ-clos, terminent le scandale!

Qu'à nos yeux, dans l'arène, ils osent disputer

Ce trône où l'un commande, où l'autre veut monter!

Vous à qui le pays doit plus d'un jour néfaste,

C'en est trop! Paraissez, nouveaux fils de Jocaste!

Battez-vous!.. Et tous deux, teints du sang fraternel,

En mourant, expiez votre orgueil criminel!...

Nous ne sommes point rois : quelle raison puissante

D'un glaive doit armer notre main menaçante,

Et jeter dans notre âme une noble fureur?

— Le besoin d'échapper au cruel déshonneur.

« Eh quoi! de la vertu sans relâche opprimée,

La main restera-t-elle humblement désarmée?

L'honnête homme, accablé par un horrible affront,

A la voix d'un brutal doit-il courber son front,

Et, pliant sa fierté sous une injure grave,

Aux yeux d'un ferrailleur trembler comme un esclave,

Tel qu'un faible roseau s'incliner devant lui,

Et d'un glaive n'oser revendiquer l'appui?

Non! non! mille fois non! Ses forces seraient vaines

Pour contenir le sang qui bouillonne en ses veines.

Il est des attentats que nul ne peut souffrir,

Et le plus faible alors ne craint pas de mourir.

Doit-il d'un insolent respecter la menace,

Subir la loi que dicte une outrageante audace,
Ne point risquer ses jours, pour punir tant d'excès,
Et s'avouer un lâche ayant un cœur français?
Plus le péril est grand, moins il se laisse abattre.
L'opinion flétrit le refus de se battre;
Sur lui de tout leur poids pèsent nos vieilles mœurs;
Leur voix d'airain lui crie: Aux armes! tue ou meurs!»

— Oui, dirai-je, à l'honneur un Français est fidèle;
Il répond en champ-clos à la voix qui l'appelle.
Gloire à lui! mais opprobre au coupable agresseur
Dont l'adresse enhardit le délire oppresseur!

Déjà battu des ans, je marcherais encore,
Et je sacrifîrais au faux dieu que j'abhorre!
Nos mœurs l'ont ordonné; mais un duel fatal,
Pour être inévitable, en est-il moins un mal?
Je repousse un affront; mon courroux légitime
Atteste mon respect pour la publique estime;
Mais quoi! me verra-t-on, fougueux provocateur,
Aux gens d'un autre avis vouloir percer le cœur?
Qui? moi, j'échangerais mon humeur débonnaire
Contre la folle ardeur d'un bretteur sanguinaire!
Quoi! je pourrais, d'un bras par la rage affermi,
Égorger un rival et peut-être un ami!...

Ah ! pour d'autres combats réservons notre épée.

C'est dans un autre sang qu'elle sera trempée.

La France la réclame au grand jour du danger,

Et dans un cœur Français nous irions la plonger !

Craignons de lui devoir le deuil d'une famille,

Les sanglots d'une mère, et les pleurs d'une fille,

Et les cris d'un vieillard redemandant cent fois

A la tombe ce fils qui n'entend plus sa voix !...

J'irais, des spadassins cherchant la folle estime,

Pour un faux point d'honneur souiller ma main d'un crime !

Si j'ai des ennemis, qu'ils soient tous sans effroi ;

Le monde est assez vaste et pour eux et pour moi.

LE RÊVEUR DUELLISTE.

BOUTADE [1].

L'autre nuit, je dormais. Plus d'un rêve bizarre

Souvent, pour l'égarer, de notre esprit s'empare.

Je parlais devant vous : nous étions tous ici.

---

[1] Récitée dans une séance publique de l'Athénée des Arts, Sciences et Belles-Lettres de Paris, en 1833.

J'extravaguais, je crois. Mon discours? le voici :

« On sait que ce bas monde est une vaste scène
Où chacun, de son mieux, s'intrigue et se démène.
Au drame universel il faut prendre une part
Qu'on choisit, ou qu'on tient plus souvent du hasard.
L'un est simple berger, l'autre puissant monarque ;
Tel conduit une flotte et tel une humble barque.
On est cultivateur, juge, prêtre, guerrier,
Sénateur, artisan, ministre, savetier ;
Tel est républicain, tel autre royaliste ;
Voici mon rôle, à moi : je me fais duelliste.
Oui, Messieurs, je deviens hargneux et tapageur. »

J'articulai ces mots d'un air mauvais coucheur.
Je rêvais ; le public m'excusera peut-être.
« Je suis crâne, ajoutai-je ; et l'on va me connaître.
Je m'avise un peu tard de jouer cet emploi ;
N'importe ! Les Romains seront contents de moi.
Frappant à droite, à gauche, et d'estoc et de taille,
A tous mes ennemis je vais livrer bataille ;
Et quiconque avec moi ne tombe pas d'accord,
Je le tue.... et partant je prouve qu'il a tort.

« Trois ou quatre ans de tir, cinq ou six ans de salle,

Un bras leste, une ardeur qui n'eut jamais d'égale,
Voilà mes arguments. Par terre, tour à tour,
Je veux coucher au moins trois bousingots par jour.
Que l'un de vous, Messieurs, s'avise de prétendre
Que mes vers sont si durs qu'on ne peut les entendre,
Je lui saute au collet. De son sang altéré,
Je conduis aussitôt mon homme sur le pré.
Vite, nos pistolets ! Il me manque, je tire :
Il est mort!... Cette fois il ne peut plus médire ;
Il est clair maintenant qu'avec grâce formés,
Tous mes vers étaient doux, coulants et bien rimés.

« Je passerai pour brave : en faut-il davantage?
Non, certes ! Dans le fond je n'ai pas grand courage,
Et, soit dit entre nous, à tout combat nouveau,
Je me surprends moi-même à trembler dans ma peau.
Mais je me sens en veine, et je cherche à me battre ;
Oui, je sens qu'aujourd'hui je suis un diable-à-quatre.
Si le cœur vous en dit, Messieurs, j'en découdrai.
Tout se tait! point d'insulte! Eh bien! j'insulterai.
Pour mon meilleur ami, point de paix, point de trêve!»

Ce n'est pas moi, Messieurs, qui parle, c'est mon rêve.
J'étais d'une fureur qui m'abandonne ici.
Je tirai mon épée, et j'ajoutai ceci :

« Sur qui vais-je d'abord faire éclater l'orage?
Aurais-je des journaux essuyé quelque outrage?
Non, du moins mon esprit ne s'en souvient pas bien,
Et je n'ai, pour mon compte, à me plaindre de rien.
Pourtant je leur en veux : avec la presse libre,
Ces brouillons, de l'État dérangent l'équilibre.
On ne peut hasarder la moindre trahison,
Sans que leur insolence en demande raison.

« Je veux, flamberge au poing, démolir *la Tribune*,
Du *Corsaire* engloutir la felouque importune,
Aux chevaux du *Courrier* je coupe les jarrets,
Et du *National* je balafre les traits;
Qu'à la tierce, à la quarte ils ne sachent répondre,
Je les cloue.... et dès lors aisé de les confondre.
A manier le fer si je fus plus adroit,
Il sera démontré que j'étais dans mon droit. »

Comme on est, en rêvant, différent de soi-même !
Moi, vouloir tout pourfendre en ma fureur extrême!
Quel délire! Mais quoi! me ravisant soudain,
J'ajoute, sur le front me passant une main :

« Pas d'imprudence! il est sans doute par le monde
Des gens qui craindraient peu mon humeur furibonde.

Jeterai-je le gant au premier inconnu
Dont l'air et les discours m'auront peu convenu?
Nenni! suis-je assez fou pour provoquer un homme
Qui peut, d'un tour de main, m'envoyer faire un somme!
Si mon bonheur me fait rencontrer par hasard
Un jouvenceau paisible, un infirme, un vieillard,
Alors, la tête haute et le regard superbe,
Ma belliqueuse ardeur prend une forme acerbe.
S'il recule, j'avance, et, plus audacieux,
Je lui dicte mes lois d'un ton impérieux.
Mais on n'est pas toujours ce que l'on peut paraître.
Ce rival si tranquille est un gaillard peut-être,
Qui tiendra ferme.... Alors, apaisant mon courroux,
Par degré j'aurai soin de prendre un ton plus doux.
A Boulogne, s'il faut, après tout, qu'on se rende,
Je sais ce qu'à ma voix la prudence commande.
De ce pas hasardeux je me tire avec art,
Et je fais qu'à ma place on embroche... un canard. »

Ainsi je devisais, quand me part à l'oreille
Un grand bruit de sifflet qui soudain me réveille.
Quel heureux incident pour ceux qui m'ont sifflé!
Jeunes, vieux, en duel j'aurais tout appelé.
Mais le jour m'est rendu : tout a changé de face ;
Avec mon somme a fui ma belliqueuse audace.

Mécontent de moi-même, au bon sens revenu,
J'ai honte du discours qu'en rêve j'ai tenu.
Éveillé, la colère est loin de ma pensée.
Plus d'une douce image ici m'est retracée ;
Ici, pour mon bonheur les destins l'ont permis,
Mes yeux n'ont rencontré que des regards amis.

Se peut-il qu'aujourd'hui, d'effrénés duellistes
Rencontrent parmi nous d'ardents apologistes !
Aimer des jeux cruels ! Cet amour insensé
Provient d'un cauchemar ou d'un cerveau blessé.
Vous que bercent encor des songes romanesques,
Jeunes preux, abjurez vos goûts chevaleresques.
Et puisse votre esprit, un jour moins exalté,
Comprendre qu'un duel est une absurdité !

ÉPILOGUE.

Je n'insulte personne en ma folle jactance.
Offensé ! j'irais droit à l'auteur de l'offense,
Et lui dirais : « Monsieur, vous m'avez outragé ;
Par le feu, par le fer, j'ai droit d'être vengé.

Mais quoi! si je vous tue en ma juste colère,
De votre peau vraiment je ne saurai que faire;
Ce trésor me serait d'un cruel embarras.
Pour moi que de chagrins suivraient votre trépas!
Mes rêves, assidus à troubler chaque somme,
Me montreraient ma main teinte du sang d'un homme...
Ah! de vos propres torts ce serait me punir,
Et je veux m'épargner cet affreux souvenir.
Loin de moi le remords d'une victoire étrange!
Toutefois battons-nous, si cela vous arrange.
Pour que vous le sachiez, je suis homme de cœur;
Mais, avant tout, je veux dissiper votre erreur :
Écoutez-moi! deux mots me rendront votre estime. »

Il écoute, il comprend ma plainte légitime.
Sa paupière se mouille, et, me serrant la main,
De sa méprise il fait l'aveu noble et soudain.
Ma main presse la sienne, et, prompts à nous entendre,
Nous nous jurons tous deux l'amitié la plus tendre.
Mon cœur est satisfait; le sang n'est pas mon lot.
J'hésiterais, je crois, à tuer même un sot.

Que si mon homme veut absolument se battre :
« Pensez-y, lui dirai-je, à moi seul j'en vaux quatre.
Je vous conseillerais de faire le méchant!

9

J'ai pris un lait de poule hier en me couchant,
Et, sur une ordonnance exactement suivie,
Tous les matins à jeun je prends des grains de vie.
Ah! vous voulez vous battre! attendez, mon mignon,
Pour vous ajuster mieux, j'apprête mon lorgnon.
L'affaire sera chaude... » A ces mots, sur ma nuque,
D'une prudente main j'assure ma perruque,
Je pose mon habit qui gêne mes exploits ;
Je roule deux gros yeux, je tousse quatre fois,
Et je m'avance, armé de ma vieille béquille,
Droit comme un escargot qui sort de sa coquille.
Lui de sourire, et moi de m'écrier bien fort :
« En garde! vous rirez lorsque vous serez mort!
—Vieillard, vous raillez! — Oui. — Raison de cet outrage!
— Pour vous battre, attendez que vous ayez mon âge,
Jeune homme; moins fougueux, vous comprendrez commen
Le plus beau coup d'épée est un sot argument.

LE BONHEUR D'ÊTRE MORT.

Comme le lendemain diffère de la veille!
Hier je me portais, je puis dire, à merveille;
Me voilà mort! bien mort! pour moi tout est fini;
Je vais être enterré.... que le ciel soit béni!
Pourtant je parle encor! J'avais droit d'y prétendre :
Mon âme reste, et peut tout voir et tout entendre.
Elle s'adresse à ceux qui, le regard baissé,
Contemplent tristement mon front pâle et glacé.

Tout compte fait, mon sort sera digne d'envie.
Vraiment, je serais fou de regretter la vie;
C'est un orage affreux.... m'en voilà délivré.
On n'a plus peur du vent, quand on est enterré.

La tempête là-haut peut gronder à sa guise ;
Les morts ne craignent plus la foudre ni la bise.
Mugissez, vastes mers ! moi, je suis dans le port.
Plus de péril pour moi ; c'est charmant d'être mort...

Vivant, je poursuivais d'une course animée
Ce vain bruit que l'orgueil appelle Renommée ;
Mais la gloire va vite, et, sur son char de feu,
De me laisser derrière elle s'est fait un jeu.
Aussi prompts que les vents, ses coursiers ont des ailes.
Je n'avais que des pieds, à mes vœux infidèles ;
Aussi, loin de l'atteindre en son vol inhumain,
Ai-je fait vainement un pénible chemin.
Des serpents animés d'une rage assidue,
Au passage arrêtant ma Minerve éperdue,
L'étreignaient sans pitié dans leurs nœuds flétrissants,
Et la Gloire était sourde à ses cris impuissants.
C'est peu de l'invoquer aux accords de la lyre ;
Le moyen le plus sûr d'éveiller son sourire,
C'est de mourir d'abord.... On pourra voir après
Des palmes s'élever au milieu des cyprès.

Homère avait chanté ; son ingrate patrie
Des accents de sa voix n'était point attendrie.
Aveugle, chancelant, vieux, en butte au dédain,

De bourgade en bourgade il demandait son pain.
Il expire, et pour lui s'ouvre une autre carrière :
On entoure d'honneurs sa sublime poussière ;
Du poëte divin sept villes tour à tour
Viennent dire : « C'est moi qui lui donnai le jour. »
On le révère encor dans le siècle où nous sommes.
Il fit bien de mourir ; combien d'autres grands hommes
Après des jours sans gloire excitent nos transports !
Oui, messieurs les anciens ont raison d'être morts.

Je me disais, malgré mon infortune étrange :
« Me préserve le ciel du jour de ma louange !
Il est fâcheux de vivre, à mille ennuis livré ;
Mais, le plus tard possible, il faut être pleuré. »
Le trépas me causait une frayeur extrême ;
J'étais pâle en songeant à mon heure suprême....
Je suis bien revenu de cette peur d'enfant :
Aujourd'hui me voilà joyeux et triomphant.
Je suis comme un captif sorti de servitude,
Mon cœur est affranchi de toute inquiétude.
Calme délicieux ! Ici, je suis fort bien,
Et j'y reste ; le monde à mes yeux n'est plus rien ;
Du moins, je n'y crains plus, content de mon partage,
Les maux qui des vivants sont le triste apanage.
Je ne redoute plus les temps froids, les temps chauds,

Les révoltes, le bruit, les sbires, les cachots,
Le catarrhe étouffant, la brûlante gravelle,
Et certain guérisseur non moins à craindre qu'elle...
Je ne vois point ici de ces drames bien noirs
Qu'une foule hébétée applaudit tous les soirs.
Ici l'on ne vient point exalter le génie
Des modernes Ronsard, au luth sans harmonie,
A la voix discordante, au barbare jargon,
Digne de chatouiller l'oreille d'un Huron.
Ici, de la Fortune oubliant les caprices,
Je ne suis plus témoin des cent mille injustices
Qui du pauvre toujours ont aggravé le sort.
Je dois, vous le voyez, m'applaudir d'être mort.

Je ne demande pas à revoir la lumière.
Non, je ne voudrais point de la même carrière;
Qu'aurait-elle à m'offrir? Comme dans tous les temps,
Des lâches, des flatteurs, des amis inconstants,
Des traîtres, des fripons, des intrigants cupides;
De riches parvenus, bien épais, bien stupides,
Bien fiers de leurs trésors, et qui, l'estomac plein,
De faim laissent mourir la veuve et l'orphelin.
Un char doré viendrait, en me couvrant de boue,
Tout prêt à me broyer sous le fer de sa roue;
Et j'entendrais la foule, oubliant mon malheur,

Exalter bêtement le faste d'un voleur !...
Des méchants et des sots je reverrais la face !
Non ! non ! de tout mon cœur je leur cède la place ;
Je puis même sans crainte affronter leur courroux.
Vivant, il me faudrait leur parler à genoux ;
Et, si j'osais tout haut railler leur insolence,
Ils sauraient les moyens de m'imposer silence.
Mort, je suis à l'abri d'un destin hasardeux ;
Tranquille en mon linceul, je puis me moquer d'eux.

Me voilà sans retour exilé de la terre,
Et j'accepte avec joie un exil salutaire.
Quel bonheur d'être mort ! Soyez de bonne foi,
Vous voudriez bien tous être heureux comme moi.

Toutefois, en partant pour l'éternel voyage,
Je laisse des amis dont je garde l'image.
Ils garderont la mienne, et leur doux souvenir
Va d'un reflet charmant dorer mon avenir....
Quoi ! l'avenir d'un mort ! Sans doute ; de mon âme
Mon corps, en périssant, n'éteindra point la flamme ;
Or, mon âme, c'est moi ; ce céleste flambeau
Jette encor sa lueur au delà du tombeau.

L'âme d'un écrivain dans ses œuvres respire,

Et sur le monde exerce un glorieux empire.
Dans ce livre elle vit; chez nos derniers neveux
Elle vivra, féconde en conseils généreux.

C'est mon âme qui parle après ma dernière heure.
L'argile se dissout; l'âme, loin qu'elle meure,
Prend un nouvel essor, et peut, dans nos remparts,
Autour d'elle, en secret, promener ses regards.

Mes amis? Je les vois environnant ma bière,
Et j'entends leurs adieux mêlés à la prière :
« Il est mort, disent-ils, et ses amis en deuil
Ne peuvent l'arracher à la nuit du cercueil;
Mais leur voix généreuse, en proclamant sa gloire,
D'un injuste dédain vengera sa mémoire.
Sur sa tombe, qu'entoure une tendre pitié,
Nous verserons du moins les pleurs de l'amitié.... »

A ces mots, je tressaille.... et ma main orgueilleuse
Renverse avec fracas ma table et ma veilleuse.
Est-ce que, par hasard, de nouveau je vivrais?
Je me frotte les yeux.... ils s'ouvrent.... Je rêvais.

Dijon, juillet 1839.

LA DISTRIBUTION DES PRIX

A L'INSTITUTION DE JEUNES DEMOISELLES DIRIGÉE PAR
MADAME MANCEAU.

Il est enfin venu ce jour cher aux familles,
Qui pare de lauriers des fronts de jeunes filles,
Et, sous l'œil bienveillant d'un public éclairé,
Récompense un travail digne d'être honoré !
Votre guide, qu'anime un zèle salutaire,
Enfants, vous a voué tout l'amour d'une mère ;
Cet amour fait pour vous, dans un but généreux,
Succéder la fatigue aux délices des jeux.
A veiller sur vos jours sa prudence s'applique.
Vous vous croyez encore au foyer domestique.
Ses veilles, ses talents, sont pour vous des trésors.
Sa fille avec ardeur seconde ses efforts.

Dans leurs moindres conseils le dévoûment respire.
C'est à votre bonheur que leur bon cœur aspire.
Toujours un tendre appui pour vos pas chancelants :
Vos mères n'auraient pas de soins plus vigilants.
Celle qui du savoir vous ouvre ici le temple,
Sait joindre à sa leçon l'appui de son exemple,
Et donner de la vie aux préceptes sacrés
Que retracent pour vous ses livres admirés.

La loi de la sagesse ici vous fut apprise ;
Plus tard vous montrerez que vous l'avez comprise.
Des succès que le ciel réserve à vos destins,
Vos palmes d'aujourd'hui sont les gages certains.

Tous les humains sont nés égaux par l'ignorance :
C'est l'éducation qui fait la différence.
Les mortels éclairés ont des titres d'honneur ;
Ils sont *grands* : n'ont-ils pas la noblesse du cœur?

Jeunes filles, de Dieu la lumière est l'essence.
La pureté des mœurs se lie à la science.
Nous nous égarons moins quand, toujours radieux,
Son céleste flambeau resplendit à nos yeux.
Des lettres, des beaux-arts suivre enfin la bannière,
C'est marcher avec Dieu dans des flots de lumière.

Mais quand d'un long travail vous obtenez le prix,
D'un éclat mérité nous sommes peu surpris;
Il est né des bons soins, du zèle inaltérable
Dont vos cœurs garderont un souvenir durable;
Vous vous rappellerez ce jour où tous les yeux
S'ouvraient avec amour sur vos rangs studieux.

Quels charmes a pour nous l'aurore de la vie!
Quel tableau gracieux! notre âme en est ravie.
A nos yeux enchantés l'enfance a mille attraits;
Nous aimons la candeur qui respire en ses traits.

O vous qui, surmontant la tâche la plus rude,
Préférez aux plaisirs les rigueurs de l'étude,
Dans les champs du savoir vous avez combattu;
Triomphez! votre gloire est sœur de la vertu.

Mais pour de jeunes fronts les couronnes sont prêtes.
Allons! plus de retards à ces touchantes fêtes!
Pleurez, pleurez de joie, ô parents fortunés!
En pressant dans vos bras vos enfants couronnés.

JÉSUS - CHRIST.

ÉPISODE ÉVANGÉLIQUE.

Sommeillez un moment, ambitieux systèmes !
La raison croit briller dans les ténèbres mêmes..
Donnons à son orgueil le silence pour loi,
Et seule des chrétiens laissons parler la foi.

Voici des mots tracés aux saintes Écritures :
« Au monde on ne voyait que fraudes et parjures ;
Des grands, aux cris plaintifs le cœur était fermé,
Et l'orgueil souriait aux pleurs de l'opprimé.
Le Dieu des nations, témoin de tant de crimes,
A Satan résolut d'arracher ses victimes,
Et le Christ, du désert en Judée accourant,
Déploya sa pitié pour un peuple souffrant.

Promenant ses regards sur les malheurs du monde,
Il dévoila des grands l'iniquité profonde.
Il disait aux petits : — Vous qu'opprime la loi,
Vous êtes malheureux ; venez ! écoutez-moi !
Le Pharisien, le Scribe, en leur orgueil extrême,
Vous tiennent sous leur joug ; fils du peuple moi-même,
Je sais trop quels revers vous peuvent accabler.
Dans ce vallon de pleurs je viens vous consoler.

« N'enviez point aux grands leur faste, leur mollesse.
Regardez ! le bonheur n'est point dans la richesse.
Le front pâle du riche ivre de ses trésors
Révèle un cœur en proie au vautour du remords.
Dans le sein des plaisirs ses jours, ses nuits s'écoulent ;
Mille tableaux riants sous ses yeux se déroulent ;
Mais il cède en esclave à des vices nombreux,
Et les vices jamais ne rendront l'homme heureux.

« Le créateur du monde à sa loi vous rappelle.
J'apporte parmi vous la lumière nouvelle
Qui doit guider vos pas au séjour des vrais biens.
Je viens vous affranchir des funestes liens
Qui, vous asservissant aux choses de la terre,
Vous tiennent éloignés du trône de mon père.
Ce trône est par-delà ce monde sans vertu,

Où sous les coups du fort le juste est abattu.

« Juifs ! mon père est le vôtre ; il connaît vos alarmes,
Il plaint votre infortune, et veut sécher vos larmes.
Mais, quoi ! le peuple même, à mille excès livré,
Abandonne à Satan son cœur dégénéré.
Dans de lâches plaisirs Jérusalem se noie.
A des penchants honteux la jeunesse est en proie,
Et, jetant aux vieillards ses rires insolents,
Foule aux pieds ce respect qu'on doit aux cheveux blancs.
La veuve et l'orphelin languissent dans les larmes ;
Contre l'iniquité la faiblesse est sans armes.
Dans le champ paternel Naboth fut égorgé :
Le sang de l'opprimé crie.... et n'est pas vengé.
L'ardente soif de l'or a desséché les âmes ;
Le juge corrompu rend des arrêts infâmes.
Pour de l'or cent forfaits sont froidement commis ;
On trahit pour de l'or ses proches, ses amis.
Tous liens sont rompus.... le délire s'empare
Des petits et des grands que la haine sépare.
Jérusalem, quels maux sont près de t'accabler !
Le sang de tes enfants sous tes yeux va couler...
L'ange exterminateur plane sur tes murailles....
Laisseras-tu périr les fruits de tes entrailles?
Non ! non ! pour désarmer le bras de l'Éternel,

Presse-les sur ton sein, sur ton sein maternel !
Des vices corrupteurs le poison les dévore :
Frémis !… et sauve-les ! il en est temps encore.

« Juifs, livrés chaque jour à des malheurs nouveaux,
Le Dieu qui vous créa, vous créa tous égaux ;
Mais, pour ravir aux grands leur puissance usurpée,
Peuple, invoqueras-tu la pointe de l'épée?
Non, ta cause réclame un plus sublime effort.
Des vertus !… et contre eux tu seras assez fort.

« O Juifs ! parmi vous tous que la charité brille !
Aimez-vous comme enfants d'une même famille ;
Soutenez-vous l'un l'autre, et cet accord touchant
Sans peine brisera les trames du méchant.
Dans l'union des cœurs un peuple met sa force....

« Des terrestres plaisirs fuyez la douce amorce.
Songez que rien d'impur n'entrera dans les cieux.
Soyez doux, patients, sobres, laborieux ;
Ayez tous en horreur la fraude et le parjure.
Abjurez la vengeance et pardonnez l'injure.
Faites tous pour autrui, de le servir jaloux,
Ce que vous désirez qu'autrui fasse pour vous.
Toujours humbles de cœur, d'esprit toujours modestes,

Les regards attachés sur les trésors célestes,
Méprisez l'insolence et l'or du Pharisien ;
Il sera pauvre un jour : dans les cieux l'or n'est rien.
Prenez garde ! ici-bas sa puissance est fondée
Sur la corruption des fils de la Judée....
Vivez simples et purs ; que vos persécuteurs
Ne trouvent plus d'appui dans vos coupables mœurs.
Des grands ne soyez plus les aveugles complices,
Et, pour triompher d'eux, triomphez de vos vices.

« N'adorez que le Dieu maître de l'univers.
Que de vos hymnes saints retentissent les airs !
Mais l'homme se doit-il prosterner devant l'homme ?
Non : richesse inconnue à la bête de somme,
La liberté, d'un peuple est le premier trésor.
Toutefois sous le joug s'il faut fléchir encor,
Songez que du Très-Haut la bonté tutélaire
A la vertu réserve un glorieux salaire ;
Songez que ce beau ciel, inaccessible aux grands,
Est pour vous un asile ignoré des tyrans.
Voilà votre patrie ; en sa brillante enceinte,
Un jour vous recevra la Jérusalem sainte.
Là, chantant du Très-Haut l'Hosanna solennel,
Dans toute sa splendeur vous verrez l'Éternel.... »

« Ainsi parlait le Christ, dont la sollicitude

Fit du salut du monde une héroïque étude,

Et qui, pour le grand œuvre à son génie offert,

Vingt ans mit à profit le calme du désert.

Le pouvoir, animé d'une haine funeste,

Nomma rébellion sa doctrine céleste,

Et la Judée, au sein d'un trouble inattendu,

Vit son libérateur à la croix suspendu.

« Il mourut... Fils de Dieu, tes souffrances sublimes,

Au fond des cœurs émus ont gravé tes maximes;

Des peuples elles sont la lumière et l'espoir;

Elles ramènent l'homme au respect du devoir. »

Dijon, 10 juillet 1859.

LE TESTAMENT OLOGRAPHE,

OU LE RESPECT DU DEVOIR.

Un ami, d'un cœur bon, mais d'une humeur austère,
M'apprit hier un fait qui peint son caractère.
Ce récit n'était point à plaisir inventé.
Mon ami me disait, l'œil de pleurs humecté :

« Le vieux Brard, en partant pour des rives lointaines,
Me dit : — Je vais tenter des chances incertaines ;
Je veux revoir les lieux où j'ai reçu le jour.
A mon âge, doit-on compter sur le retour ?
Peut-être le Destin, dans ses sombres mystères,
A mon insu m'appelle au tombeau de mes pères ;
Mais, dût-il de ma vie avoir marqué la fin,
Je suivrai mes projets, et je pars dès demain.

De mes biens à ma sœur échoirait l'héritage ;
Aux pauvres je prétends les donner sans partage.
Je lègue aux orphelins tout l'or que j'amassai.
Voici le testament qu'à ce but je traçai.
Vous êtes honnête homme, et je vous le confie,
Ce testament dicté par la philosophie,
Et, si j'en dois l'aveu, par l'amer souvenir
De longs mépris qu'enfin j'ai le droit de punir.... »

« Il dit. Pour cette sœur dont le malheur me touche,
Je veux parler : d'un mot il me ferme la bouche.
Je m'arrête aux éclairs qui brillent dans ses yeux,
Et, le cœur affligé, je reçois ses adieux.
Il part. Puisse le temps apaiser sa colère !
Dieu clément, rends le frère à sa sœur moins contraire !

« Bientôt il est frappé d'un mal inattendu.
Encore quelques jours, j'apprends qu'il a vécu !
Je cherche, d'un mourant respectant la prière,
La page qui contient sa volonté dernière.
Auprès du magistrat je n'ai plus qu'à voler.
Que vois-je ? un inconnu demande à me parler.

« — Simon Brard, me dit-il, a fini sa carrière.
Je suis fils de sa sœur, son unique héritière.

Il laisse des trésors acquis par un long soin,

Dont il veut la priver, elle, en proie au besoin !

Pour doter des enfants dont l'existence vile

Au sein d'un hôpital trouve un dernier asile !

Est-ce que la pitié, sourde au cri du malheur,

Doit pour des inconnus dépouiller une sœur ?

Écoutez-moi, Monsieur ! Nous sommes seuls, sans doute ?

— Oui, seuls. — Je puis parler sans détour ? — Oui ; j'écoute.

— Monsieur, vous possédez, nous en sommes certains,

Un écrit que mon oncle a laissé dans vos mains.

Eh bien ! ce testament, qu'il a tracé lui-même,

Et qui va nous plonger dans une gêne extrême,

Détruisons-le !... — Monsieur, je ne détruirai rien !

— Et vous refuseriez la moitié de son bien ?

— Oui, certes ! — Mais, Monsieur, vous êtes sans fortune ;

Brûlons ce testament, et vous en avez une.

— Silence ! Je ne puis écouter sans émoi

Des offres dont j'ai honte et pour vous et pour moi.

Et puis il est un Dieu qui nous voit et nous juge ;

Contre sa loi suprême il n'est pas de refuge ;

De ses regards de feu rien ne reste ignoré,

Et du crime toujours le voile est déchiré.

— Ah ! ce n'est point un crime ici que je demande,

Mais un bienfait qu'il faut que votre main nous tende.

Dieu vous pardonnera cet élan d'un bon cœur.

Nous tairons jusqu'au nom de notre bienfaiteur.
Ce secret, enfoui dans une nuit profonde,
Qui le devinerait? personne dans ce monde.
— Ne le saurais-je pas, moi qui, traître à l'honneur,
Garderais de ma faute un souvenir rongeur?...
— Votre faute! eh, Monsieur! songez à votre mère!
— Je l'ai perdue.... — A-t-elle éprouvé la misère,
Et ses yeux, devant vous, ont-ils versé des pleurs?
— J'étais bon fils, j'aurais partagé ses douleurs.
Oui, j'étais un bon fils; mais jamais ma tendresse
N'aurait, pour l'enrichir, commis une bassesse.
— Prenez garde! il s'agit de réparer des torts;
Rien ici qui soit bas et digne de remords.
L'or que les hôpitaux devront à la colère,
Est un vol que Paris fait à ma pauvre mère.
Pitié, pitié pour elle! Ah! laissez-vous fléchir!
Sa vie est dans vos mains.... daignez y réfléchir!
Mais vous êtes ému.... pour ma mère, espérance!..
— Hélas! je ne saurais adoucir sa souffrance.
— Vous poussez la vertu jusqu'à la cruauté!...
— Le respect du devoir est de la probité. »

« L'inconnu me supplie au nom de l'héritière;
L'honneur me défendait d'écouter sa prière.
Pour me vaincre, il s'épuise en discours superflus.

« Je ferai mon devoir. » Il n'apprend rien de plus.

« Il sort en soupirant ; moi-même je soupire ;
Mais tenir ma promesse est le but où j'aspire.
J'y cours, et quitte enfin de ce devoir sacré,
D'un pénible fardeau je me sens délivré.

« Le respect du devoir a toujours quelques charmes,
Et pourtant dans mes yeux je sens rouler des larmes.
De la victime, hélas ! je prévois les douleurs,
Et c'est ma probité qui causera ses pleurs !...
Elle va me maudire.... et ce penser m'accable.
Qu'elle accuse son frère : il est le seul coupable.
Qu'ai-je fait ? J'ai porté sur l'autel de la loi
Le dépôt qu'un mourant a laissé sur ma foi ;
Je l'ai dû. Fallait-il, mandataire infidèle,
Des parjures amis devenir le modèle,
En bravant sans pudeur l'autorité du deuil,
Les ordres de la mort et les droits du cercueil ?
Fallait-il, renonçant à la publique estime,
Chercher des gens de bien le mépris légitime,
Et leur dire : « Je sais affronter les remords,
« Et vendre au plus offrant la volonté des morts ?... »
Un trafic si honteux dépasse ma science.

« Eussé-je fait, le jour, taire ma conscience?

La nuit, mon insomnie eût entendu sa voix :

Ma conscience, en reine, eût repris tous ses droits...

Et si, pour un moment, par grâce singulière,

Le sommeil eût fermé ma brûlante paupière,

Quels songes effrayants!... Bientôt à mon regard,

En traînant son linceul eût paru le vieillard.

« Tremble, aurait-il crié, lâche dépositaire!

Va! de ta trahison je connais le mystère,

Et je te punirai de ton manque de foi....

A toute heure, partout, je serai devant toi;

Et sans cesse, mes cris, qu'il faudra bien entendre,

Vont d'un dépôt sacré te reprocher la cendre.

Moi qui me reposais sur ta fausse vertu !

Vendre mon testament! Pourquoi le vendais-tu?

De quel droit? Attends tout de ma haine acharnée...

La pâleur sur le front, de ma main décharnée

J'arracherai ton masque.... Oui, tu seras jugé,

Tu mourras dans l'opprobre, et je serai vengé.... »

« — Calmez, vieillard, calmez votre courroux funeste!

Vous n'êtes point trahi : ma misère l'atteste.

De piéges entouré, je les ai tous tenus,

Ces serments toujours saints par la tombe entendus.

Dormez en paix, dormez! L'or m'étalait ses charmes;

Pour votre sœur, bientôt me reprochant ses larmes,
La pitié me parlait ; mais j'écoutai l'honneur,
Et je puis, sans effroi, regarder dans mon cœur. »

« Si plusieurs aujourd'hui m'accusent de faiblesse,
D'autres de mes pensers comprendront la noblesse.
Ramassé dans la fange, à mes yeux l'or n'est rien.
Un trésor m'est resté : l'aveu des gens de bien. »

Il parlait, et des pleurs roulaient sous sa paupière.
— Ah ! lui dis-je, en louant sa droiture un peu fière,
Qu'un devoir est souvent difficile à remplir !
Mais la probité parle, il le faut accomplir.

Paris, 27 décembre 1828.

LE PUBLIC ET LE POÈTE.

DIALOGUE.

— La musique ! — Messieurs, un peu de patience !

— Eh ! vous nous endormez avec votre science.

— Messieurs, je ne suis point au rang des érudits,

Je ne suis qu'un poëte. — Eh ! mais c'est encor pis.

— Encor pis ! voilà donc les faveurs singulières

Qu'aux poëtes réserve un siècle de lumières !

— La musique ! — Messieurs, à vos regards distraits

La poésie a donc perdu tous ses attraits ?

— Non ; mais de quelque humeur on ne peut se défendre,

Lorsqu'au lieu d'un concert que nous brûlons d'entendre,

D'un concert enchanteur, objet de tant de pas,

On nous donne des vers que nous ne cherchions pas.

La musique ! — On l'aura, ce concert qu'on réclame ;

Mais nos délais n'ont rien qui mérite le blâme :

Des dames dont la voix, en dièse, en bémol,
Oserait défier celle du rossignol,
N'ont point encor paru ; leur mise gracieuse,
Plus qu'on ne le peut croire, est chose sérieuse ;
Une gaze, un ruban, dans un jour d'apparat,
Est, pour la cantatrice, une affaire d'état ;
Ensemble elle séduit et les yeux et l'oreille.
On regarde, on écoute, et c'est double merveille.
Quelques chanteurs aussi se trouvent retardés,
Et puis les instruments ne sont point accordés :
L'un cire son archet, l'autre ajuste une corde ;
Pour vous plaire, Messieurs, il faut bien qu'on s'accorde;
On ne saurait venir, sans mesure, ni plan,
D'un fracas impromptu briser votre tympan.
Peut-on par trop de soins rechercher vos suffrages?
Souffrez qu'en attendant nous lisions quelques pages
Qui, sans nuire à l'objet de vos plus chers désirs,
Pourront quelques instants occuper vos loisirs.
— Eh bien ! Monsieur l'auteur, lisez ; mais quelle pièce
Nous lirez-vous? songez qu'il faut qu'elle intéresse.
— Messieurs, c'est m'imposer une condition
Qui m'effraie, et je n'ai pas tant d'ambition.
Avant d'oser, il faut qu'un auteur se recueille :
J'y rêve.... Par hasard, j'ai là mon portefeuille.
Il contient vingt morceaux, faibles assurément,

Mais peut-être l'un d'eux n'est pas sans agrément.

Je vais, dans l'embarras dont mon âme est troublée,

De ces pièces citer le titre à l'assemblée,

Elle prononcera. — Monsieur, dépêchez-vous ;

Déjà des instruments le son vient jusqu'à nous.

—Une fable?— Êtes-vous ou Phèdre ou La Fontaine?

—Non.— Ne prenez donc pas une inutile peine.

—Des rondeaux?—Genre usé.—Des madrigaux?—Fadeurs.

— Des épîtres?—Laissez l'épître aux grands auteurs.

— Eh bien ! je vais, Messieurs, vous offrir une idylle.

— Monsieur, laissez parler Théocrite ou Virgile.

— Une ode à la vertu?— C'est à mourir d'ennui.

Des odes ! le public n'en veut plus aujourd'hui.

— Une élégie?— On peut y trouver quelques charmes ;

Mais nous ne venons point pour répandre des larmes.

— Je vais vous lire un conte.— Il peut être assez bon ;

Mais on a La Fontaine et Voltaire et Piron.

— Une pièce vingt ans de mes sueurs trempée,

Douzième et dernier chant d'une grande épopée,

La mort de Régulus, dont la haute valeur

Triompha d'un serpent de cent pieds de longueur?

—C'est un conte. — Messieurs, le fait est véritable :

L'histoire nous l'apprend. — L'histoire est une fable.

Le merveilleux endort. Gardez encor vingt ans

Une œuvre qui ne peut nous plaire de longtemps.

—Au fond du portefeuille il reste une héroïde.

—On dédaigne à présent jusqu'à celles d'Ovide.

—Le public est sévère, et, pour le contenter,

Vraiment on ne sait plus ce qu'on peut présenter.

—Quoi! vous n'avez point là quelque bonne satire,

Où sous un fouet sanglant un grand coupable expire?

—Non. — La musique, alors! la musique, morbleu!

— Quel langage pressant! ceci n'est plus un jeu.

Devant vous pâlirait le lecteur le plus brave;

De ses chers auditeurs il se sent l'humble esclave...

Où suis-je? et quel espoir en secret m'a flatté,

Quand devant le public je me suis présenté?

J'ai proposé des vers, on n'en veut pas entendre.

Du sommeil l'auditoire a voulu se défendre;

Il craint l'ennui : sans doute, il devinait fort bien.

Que fais-je encore ici? Ma foi! je n'en sais rien.

Aujourd'hui je suis homme à disputer la paille

A ce monsieur Bonneau revenant de Versaille.

C'en est fait! me rasseoir calme et silencieux,

Voilà ce qu'à présent je puis faire de mieux.

Aussi bien la musique est maintenant complète,

Maint prélude a frappé l'assemblée inquiète,

Ne la condamnons point à des retards plus longs;

Il est temps de céder la place aux violons.

Paris, 1825.

ANTOINETTE[1].

FRAGMENT

DE DIJON,

POÈME INÉDIT.

I.

Le voici, l'humble toit de la jeune Antoinette,
D'Antoinette, l'objet d'hommages empressés.
Lamartine, un matin, la salua poëte,
Elle dont les accents mollement cadencés,
    Donnant à l'âme un interprète,

[1] Mademoiselle Antoinette Quarré est une jeune lingère qui se distingue par son talent poétique ; elle en a fait preuve dans une pièce de vers présentée à la reine des Français, qui, en témoignage de satisfaction et d'estime, a fait remettre à l'auteur un bijou en or.

Mademoiselle Antoinette Quarré a, dans ce moment, sous presse, un volume de poésies qui ne peut qu'ajouter à sa réputation. Ce volume, remarquable par sa belle exécution typographique, le sera plus encore par les morceaux qu'il contiendra.

Se moulent sur des vers par les siens effacés.

De vulgaires soins occupée,
Dans ses plus chers désirs cruellement trompée,
Le jour, elle n'a pas le plus court des instants
Pour réunir deux mots l'un de l'autre contents.
Mais à d'heureux débuts faudra-t-il qu'elle mente?
Non; du vrai beau sincère amante,
A profit elle met le silence des nuits.
Quelle noble ardeur la tourmente,
Sans lui cacher l'abîme où ses pas sont conduits!
C'est quand le rossignol dans l'ombre se lamente
Qu'elle soupire ses ennuis....

A cette fièvre de génie
Peut-elle résister toujours?
Après mainte et mainte insomnie,
Qui d'un sang embrasé précipitent le cours,
De plus en plus pâlit le flambeau de ses jours.

II.

« Cesse, ma fille bien-aimée!
A quoi bon tant courir après la renommée?

Où dois-tu placer ton espoir?

Dans les seuls produits du comptoir.

La poésie a bien des charmes ;

Mais c'est à l'hôpital que mène le savoir.... »

Ainsi la tendre mère exprimait ses alarmes,

Et la fille écoutait en dévorant ses larmes.

Seule, elle soulagea son cœur désespéré,

Puis elle s'endormit après avoir pleuré ;

Non sans s'être recommandée

A tous les saints d'un grand renom ;

Surtout sa piété, sincère et non fardée,

De l'église voisine invoqua le patron.

III.

Quelle merveille inattendue !

Tout à coup saint Michel se présente à sa vue :

« Jeune fille, a-t-il dit, cesse de t'affliger !

Le talent se doit-il jamais décourager ?

Les rigueurs du destin le trouvent indomptable.

Sous tes pas, chaque jour, surgira maint danger ;

Mais le Ciel est puissant, si la terre est coupable,

Et le Ciel saura te venger !

De Dieu, de la nature entonne la louange ;

11

Que de la céleste phalange
On croie entendre encor les sublimes concerts.
D'un cœur aimant et pur peins les transports divers.
    Efface, par tes tendres airs,
Et la jeune fauvette et la douce mésange.
De pudeur et d'amour qu'ils soient un saint mélange,
Et la France charmée accueillera tes vers. »

En achevant ces mots a disparu l'archange.
D'Antoinette un soupir a marqué le réveil.
    Elle regrette un si beau songe,
Et veut le retrouver dans un nouveau sommeil.
Vain espoir! sans retour a fui ce doux mensonge,
    Aux légers nuages pareil.
L'heure marche rapide, et la jeune rêveuse
Ne quitte point encor sa couche paresseuse;
    Et déjà, sur son front vermeil,
Comme un reproche arrive un rayon du soleil.

IV.

« Renonce au métier de poëte,
Répète en soupirant la mère d'Antoinette;
Quelle route fatale il semble te tracer!

Je n'ose pas même y penser.

L'infortune toujours fut le lot du génie.

Le Tasse, d'un cachot par la vengeance ouvert,

De ses hymnes d'amour a payé l'harmonie.

     Combien Malfilâtre a souffert !

     Aujourd'hui même de Gilbert

J'ai lu dans ce recueil l'effroyable agonie.

Je vois son beau front pâle et de sueur couvert....

Malheur à l'écrivain qu'un grand talent renomme,

Et qui d'un fol espoir se plut à se bercer !

Écoute ce récit qu'un poëte honnête homme

Au livre que je tiens a cru devoir placer :

V.

GILBERT.

« Inquiet sur le sort de la foi catholique,

Brûlant de signaler son zèle évangélique,

Gilbert veut, appuyé sur ses rares talents,

Flageller ses rivaux d'hémistiches sanglants,

Et, repaissant de fiel sa muse atrabilaire,

A son siècle il déclare une implacable guerre.

Dieu ! quel fruit de ses soins ! De paniques terreurs

L'entourent de poignards et de poisons vengeurs...

Que résoudre? Aux complots d'une ligue ennemie
Il pense n'échapper qu'en sortant de la vie;
La vie est un fardeau qu'il ne peut supporter.
Au moindre bruit il sent tout son corps palpiter.

« Oh! combien des mortels la raison est fragile!
Le front pâle, il s'arrête ou fuit d'un pas agile;
Il fuit, et tout à coup revenant sur ses pas,
Il semble à la pitié demander le trépas.
Bientôt, les yeux hagards et la bouche entr'ouverte,
Il ne voit que méchants qui conspirent sa perte.
« Barbares! criait-il, venez! égorgez-moi!... »

« On l'enchaîne : il rugit et de rage et d'effroi;
Il rugit... L'art vaincu le laisse à sa démence.
Dans le dernier asile ouvert à l'indigence,
Je le vois, étendu sur un triste grabat,
Expier de ses vers le parricide éclat.

« Tantôt contre le ciel il vomit le blasphème;
Tantôt dans sa douleur il s'accuse lui-même.
Alors de pleurs brûlants son visage est baigné.
Puis, contre ses amis, se levant indigné :
« Traîtres! dit-il, venez contempler votre ouvrage!
C'est vous dont la louange aveugla mon courage.

Cruels adulateurs! vos conseils m'ont perdu!

Parmi des forcenés Gilbert meurt confondu!

Quoi! Gilbert! Juste ciel, tonne donc sur ma tête!

Tombez, voûtes! tombez! votre victime est prête...

O terre! entr'ouvre-toi, dévore un malheureux!

Quoi! tout reste insensible à mes cris douloureux!...

Je me trompe; quelle est cette voix qui m'appelle?

Me voici. Commencez la pompe solennelle.

Viens, viens, ma tendre amie! après un long affront,

C'est toi qui placeras le laurier sur mon front :

Car nous allons tous deux monter au Capitole,

Et j'entendrai ta voix, cette voix qui console...

Eh quoi! le Tasse! Il vient sans doute me chercher.

O poëte immortel! hâte-toi d'approcher!

Attends qu'on m'ait vêtu de mes habits de fête!

Enfin je suis vainqueur... mon triomphe s'apprête...

Esclaves, où sont-ils mes coursiers généreux?

Faites donc avancer mon char majestueux;

Qu'attendez-vous?... Que dis-je? ici tout m'abandonne!

Plus de char! plus d'amis! Je suis seul... je frissonne...

Quels destins! et je vis! Ah! déchirons ce cœur

Que n'a pu consumer ma stérile fureur!... »

« A ces mots, l'insensé, s'agitant dans sa chaîne,

Veut, de ses propres mains, mettre un terme à sa peine,

Et, sous ses doigts cruels, le sang coulant par flots,
De vêtements souillés inonde les lambeaux.
Puis, d'un chaînon brisé, sur la muraille obscure,
Sa main retrace ainsi le tourment qu'il endure :
« Si tu connais un jour tout ce que j'ai souffert,
Satirique imprudent, souviens-toi de Gilbert !... »

«Mais quel nouveau transport, et quel autre martyre?
Des rires convulsifs signalent son délire.
« Oui ! dit-il l'œil hagard, les voilà tous bravés,
Mes lâches oppresseurs ! mes écrits sont sauvés.
A ma ruse leur rage était loin de s'attendre.
La Harpe, que veux-tu? Ma clef? viens, viens la prendre,
Elle est là... vers mon cœur... Ah ! ce fer assassin
M'obsède, me déchire, engagé dans mon sein... »

« Par de longues douleurs sa force est épuisée,
Et son ardeur farouche enfin semble apaisée.
Sa lèvre s'ouvre à peine à de faibles sanglots,
Et d'une voix éteinte il prononce ces mots :
« Quel silence accablant aujourd'hui m'environne!
Le Dieu que je servais lui-même m'abandonne.
Daigne-t-il m'accorder le secours de son bras?
Les chrétiens, d'un front calme, apprendront mon trépas.
Mes ennemis verront leur vengeance assouvie...

Si du moins, à trente ans exilé de la vie,
A ma voix répondait l'adieu de l'amitié !
Mais, non ; de tant d'ingrats le cœur est sans pitié.
Je n'ai pas un ami pour fermer ma paupière.
Quoi ! pas même une amante à mon heure dernière !
Nul ne viendra mouiller ma cendre de ses pleurs.
Je vivais pour la gloire, et dans l'oubli je meurs !.. »

A l'excès de ses maux, Gilbert enfin succombe ;
Mais sa voix semble encor s'exhaler de sa tombe.
Elle crie au rimeur de la satire épris :
« Souviens-toi de Gilbert... et brûle tes écrits ! »

VI.

« — Ce récit, reprit-elle, est d'un triste présage.
Sous un ciel assombri par les vents de l'orage,
Hélas ! la poésie est d'un faible secours.
Vois, vois déjà l'éclair sillonner le nuage !
Je frémis des périls qui menacent tes jours.... »
D'une mère souvent tel était le langage ;
Et sa fille pensive écoutait ses discours....

VII.

Non! non! rassurez-vous, timide jeune fille ;
Pour d'autres sur ses gonds tournera cette grille.
En songe saint Michel traça votre sillon.
Mais il est un conseil qui ne serait point bon :
Celui, quelle que soit l'ardeur qui vous consume,
D'abjurer follement l'aiguille pour la plume.
Par la voix d'une mère a parlé la raison.

Aux neuf sœurs, a-t-on dit, l'aiguille est étrangère,
Et, devant vos tableaux de suave couleur,
D'un comptoir on s'étonne, on le croit un malheur :
Laissez dire ; restez, restez toujours lingère ;
        C'est pour vous un titre d'honneur.
Le fat qui du comptoir parle avec défaveur,
N'a qu'orgueil et sottise en sa tête légère.
Aux yeux du fashionable assis dans sa bergère,
Les poëmes du riche ont seuls une valeur,
        Qu'avec emphase il exagère,
        Comme si l'esprit, le talent,
        N'appartenaient qu'à l'opulent ;
Comme si le génie était sans étincelle,
Quand on n'a ni château, ni beffroi, ni tourelle,

Et quand, sur le velours, dans un salon doré,
On ne peut faire asseoir un auditeur titré !

VIII.

Un brillant souvenir ici nous intéresse.
Minerve, de l'Olympe attirant les regards,
Maniait la navette avec beaucoup d'adresse.
    Eh bien ! Minerve, des beaux-arts,
    De la guerre et de la sagesse
    N'en était pas moins la déesse.
Athène en son honneur bâtit le Parthénon,
    Et longtemps on a vu son nom
    Révéré dans toute la Grèce.
Tant de gloire était loin d'être une illusion ;
Saisissons bien le sens de cette allusion.
L'histoire de Minerve est une fable antique
Qui des Grecs captivait toute l'attention.
Cette histoire est encore, en style poétique,
    Une sublime fiction.

IX.

    Une mère prudente et sage
Vous a dit : « Vois l'éclair précurseur de l'orage... »

De Gilbert expirant, privé de sa raison,
Elle a mis sous vos yeux la déplorable image :
Ce douloureux spectacle était hors de saison :
    Vos lèvres faites pour sourire,
Et pour laisser couler des paroles de miel,
Ne connaîtront jamais le fiel de la satire.
Une piété douce est là qui vous inspire.
Ange de paix, vos chants seront dignes du ciel ;
A des cœurs purs plairont les sons de votre lyre,
Et j'aime à partager l'espoir de saint Michel.

Non, dans cet hôpital dont le nom seul vous glace,
Pour vous le doigt de Dieu n'a point marqué de place.
La publique louange, à vos chastes écrits,
Antoinette, saura donner un juste prix.

FRÉDÉRIQUE[1].

FRAGMENT

DE DIJON,

POEME INÉDIT.

I.

Vous avez, Antoinette, une digne rivale,
Jeune fleur qu'on devine aux parfums qu'elle exhale.
Frédérique est son nom ; son luth harmonieux

---

[1] Mademoiselle Frédérique Jacques, de Dôle, est venue passer quelques jours à Beaune, où elle a publié plusieurs morceaux de poésie fort touchants. Son *Hymne à la Vierge*, recueillie dans la *Revue de la Côte-d'Or*, lui a concilié les suffrages de tous ceux qui ont de l'âme, du goût et une piété sincère. — Mesdemoiselles Antoinette et Frédérique rivalisent de talent et de bonheur dans l'expression des sentiments évangéliques. Leur pensée et leur style sont également suaves, et respirent cette loi d'amour que le Christ renfermait tout entière dans le mot de charité.

Ce fragment a été lu dans la cent-neuvième séance publique de l'Athénée des Arts, Sciences et Belles-Lettres de Paris, le 6 décembre 1840.

Exprime des accords inspirés par les cieux.
Frédérique est pieuse; aimer Dieu, c'est sa vie.
Au doux besoin d'aimer son âme est asservie.
Dans le sein de la Vierge, attentive au malheur,
Humble, elle a déposé sa naïve douleur.

D'un cœur aimant on sait l'influence secrète,
Frédérique y puisa son talent de poëte;
Dans ses pieux accents respire un tendre amour.
Elle adore le Dieu qui lui donna le jour,
Le Dieu qui dans son teint mit le lis et la rose,
Le Dieu qui prévoit tout et qui de tout dispose,
Le Dieu qui dessina les rivages des mers,
Qui de tant de soleils peupla le sein des airs,
Qui des vents et des flots enchaîne la furie,
Qui verse la rosée aux fleurs de la prairie,
Donne aux bois leur verdure, un lit aux clairs ruisseaux,
Une grotte aux bergers, un chant pur aux oiseaux.
Elle adore le Dieu qui commande aux tempêtes
D'épargner nos moissons, nos foyers et nos têtes;
Le Dieu fort qui, fidèle à ses augustes plans,
Prend la voix du tonnerre ou celle des volcans.
Elle adore le Dieu dont la bonté suprême
Fait un devoir sacré de la volupté même,
Et répète aux mortels, dans un accent si doux :

« De mes lois observez la première : aimez-vous ! »
Aimer ! parole sainte et facile à comprendre.
Frédérique, du Ciel reçut une âme tendre.
« Oui, dit-elle en tombant aux pieds de l'Éternel,
Dieu tout-puissant, mon cœur est ton premier autel. »

II.

L'amour, de la nature est l'ange tutélaire ;
Sans l'amour, à quoi bon ce ciel qui nous éclaire ?
Si de l'amour sauveur s'éteignait le flambeau,
L'univers rentrerait dans la nuit du tombeau.

Frédérique, oubliant tout calcul, tout système,
Sent palpiter son cœur, et dit seulement : J'aime !
Simple, elle s'abandonne à l'instinct de bonté
Que le Christ appelait du nom de Charité.
Cet instinct lui révèle une morale pure
Qu'elle proclame au nom du Dieu de la nature.
Jeune fille qui prêche avec l'accent du cœur,
Fait chérir la doctrine et le prédicateur.
Ah ! laissons le beau sexe enseigner la morale.
On s'effraie aux leçons qu'un homme grave étale.
Il menace l'impie et lui crie : A genoux !
Une femme en dit plus par ces mots : Aimons-nous !

III.

Sur l'union des cœurs le vrai culte se fonde,
Et Dieu l'a proclamé pour le bonheur du monde.
Dieu bon, pourquoi faut-il qu'égarant les humains,
Le faux zèle ait gâté l'ouvrage de tes mains ?
D'absurdes préjugés victime volontaire,
L'aveugle genre humain se traîne sur la terre,
Quand la saine raison pourrait venir encor
Rendre au lion sa force, à l'aigle son essor...

Il est temps de sortir d'une fatale ornière,
Et de rouvrir à l'homme une noble carrière ;
Que, par le sentiment à la vertu conduit,
Le monde soit sauvé d'une profonde nuit !

IV.

On parle d'Évangile ; il faut d'abord y croire.
De Jésus notre bouche invoque la mémoire ;
C'est peu lorsqu'en nos cœurs son règne est aboli,
Et que sa loi d'amour est tombée en oubli.
Nous nous disons chrétiens, et l'orgueil nous dévore !
Et c'est le crime heureux que la bassesse honore !

Et du monde gémit une immense moitié !

Et pour le malheureux le riche est sans pitié !

Nous nous disons chrétiens ! langage téméraire,

Quand nous ne traitons pas le prochain comme un frère,

Quand le faible est broyé sous le pied du puissant,

Quand nous n'essuyons pas les pleurs de l'innocent!

Nous, chrétiens ! notre zèle, au sein des basiliques,

Se borne au seul respect des pieuses pratiques !

Nul avec l'indigent ne partage son pain [1],

Et nous laissons mourir la veuve et l'orphelin !...

V.

Du bien, la loi d'amour est la source féconde.

Femmes, à vous l'honneur de réformer le monde,

Ce monde tout rempli d'amis intéressés,

D'ingrats, d'ambitieux, d'égoïstes glacés.

O femmes ! comprenez votre mission sainte.

Que le tyran cruel commande par la crainte ;

Qu'au gré de ses fureurs, dans leurs larmes noyés,

Sous son talon d'airain les peuples soient broyés ;

N'enviez point son or, son sceptre ni son glaive.

---

[1] Ceci est une généralité à laquelle il existe quelques honorables exceptions.

Un rôle plus touchant convient aux filles d'Ève.
Dieu voulut que pour nous vous fussiez à jamais
Des anges de lumière, et d'amour et de paix.
Quel charme au moindre mot sorti de votre bouche !
Écoutons au désert la panthère farouche,
Elle rugit ; mais vous, ô femmes ! votre voix
Est douce comme un chant du rossignol des bois.
Employez vos accents, si puissants sur nos âmes,
A rallumer en nous de généreuses flammes.

VI.

Vous, Frédérique, vous, dont les chastes accords
Partent d'un cœur docile à de pieux transports,
Chantez, chantez toujours ; venez, l'âme attendrie,
Suspendre encor des fleurs à l'autel de Marie.
Laissez le dogme au prêtre ; à lui le saint emploi
D'éclaircir le chaos dont s'entoure la foi,
Et de venir, armé de plus d'une formule,
Du poids de sa science accabler l'incrédule...
Le doute est dans l'esprit ; l'en voulez-vous chasser,
Vous, femme? c'est au cœur qu'il faut vous adresser.
Laissez le despotisme, en son orgueil extrême,
Écrire avec du sang sa volonté suprême ;
Qu'un peuple ambitieux, fléau de l'univers,

Des peuples consternés aillent river les fers ;

Mais vous, âme nourrie au pain de l'Évangile,

Vous, pour qui la bonté n'est point un nom stérile,

Qui voudriez changer, après tant de douleurs,

Les liens de l'esclave en des liens de fleurs,

Qu'une tendre morale en vos œuvres respire,

De l'amour fraternel rétablissez l'empire.

Chantez ! que votre voix, belle de vos beaux vers,

Rende le nom du Christ plus cher à l'univers,

Du Christ qui, des méchants héroïque victime,

A payé de ses jours sa doctrine sublime !

Dites que les humains, tous enfants d'un Dieu bon,

Se doivent bienveillance et mutuel pardon.

A vos hymnes d'amour que la charité brille,

Comme un phare au milieu de la grande famille !

Sur votre sentiment, chacun réglant le sien,

Va dire : Aimer est doux, mon cœur est tout chrétien.

LE POETE ET L'ÉDITEUR [1].

DISCOURS.

Ma foi! vive l'argent! on ne peut se complaire
A manger du pain sec, à boire de l'eau claire,
A dormir sur la dure, à veiller bien souvent
Près d'un pâle flambeau que tourmente le vent.
Qu'il est triste en hiver de risquer un gros rhume,
De souffler dans ses doigts d'où s'échappe la plume,
Et de vouloir, l'esprit d'illusions troublé,

---

[1] Cette pièce a été lue dans une séance publique de l'Athénée des Arts et insérée dans le *Lycée*, journal publié par cette société. Je supprime ici une centaine de vers qu'elle a de plus dans les *Athénéennes*, et je donne cette pièce telle qu'elle a été lue à l'Athénée des Arts.

Tirer des vers brûlants d'un encrier gelé!
Ah! plaignons l'écrivain dont la pauvre Minerve
N'a pour se réchauffer que le feu de sa verve,
Et qui, pour un laurier dont l'éclat le séduit,
Se consume le jour, se consume la nuit,
Poursuit sans cesse... quoi? du bruit, de la fumée!

Le poëte, il est vrai, jaloux de renommée,
Ne se plaint pas, il chante, et, l'éclair dans les yeux,
Il porte haut la tête; il se croit dans les cieux.
Fixé sur l'avenir, son regard étincelle,
Il oublie, en rêvant à sa gloire immortelle,
Ses deux maigres genoux rapprochés et roidis,
Et ses pieds demi-nus de froidure engourdis.
Paraissant dédaigner le malheur qui l'accable,
Il brave du destin la rigueur implacable.
De beaux vers, à longs flots, de sa plume ont coulé,
Tout est bien, de ses maux le voilà consolé.
L'esprit tout ébloui de sa noble chimère,
Il aspire au renom de Virgile ou d'Homère.
Une seule pensée occupe son orgneil,
Celle de vivre encore au delà du cercueil.

Il est de par le monde un poëte honnête homme,

Je le connais, déjà sa vertu le renomme ;
Mais, hélas ! son génie ardent du feu sacré
Peut-être s'éteindra, de la France ignoré.
Il caressa trente ans une œuvre poétique.
Destin malencontreux ! c'est un poëme épique.
Aujourd'hui l'épopée est un astre éclipsé,
Un soleil qui s'éteint sous un souffle glacé,
De nobles fictions n'ont point cours à la Bourse ;
Du beau le positif a desséché la source ;
Lyre épique, tais-toi ! tes accords sont vaincus ;
Il est un son plus doux, c'est celui des écus.

Mon poëte créa l'une de ces merveilles
Qu'enfante le génie après de longues veilles ;
D'avance, il s'est promis l'encens de l'univers.
De son poëme enfin, vòilà le dernier vers,
Le voilà, c'est écrit, l'auteur chante victoire ;
Vite, vite, sa place au temple de mémoire !
Mais quoi ! tant de beaux vers qui nous auraient charmés
Pourront-ils être lus? seront-ils imprimés?
L'auteur, tout au doux soin de rêver et d'écrire,
N'a point de la fortune imploré le sourire ;
Au fond de son pupitre humblement confinés,
A l'oubli ses labeurs paraissent condamnés.

Il ose, dans l'espoir de les mettre en lumière,
A l'éditeur en vogue adresser sa prière.
D'un regard le toisant du haut jusques en bas,
On lui répond : « Monsieur, je ne vous connais pas.
— Lisez ce manuscrit... — Votre nom, je vous prie?
— Ce manuscrit... — Monsieur, je fais la librairie.
— De beaux vers.. — Beaux ou non, je ne les juge point
Je suis marchand, c'est tout ; n'oubliez pas ce point.
— Mon épopée... — O ciel, qu'entends-je? une épopée !
A regret de ce mot mon oreille est frappée ;
L'épique ne va pas dans ce moment-ici,
Ce genre-là chez nous n'a jamais réussi.
— Monsieur, mon épopée... — Est sublime peut-être,
Mais votre nom... — Bientôt Paris va le connaître...
— Bientôt? c'est rassurant ; mais moi, ce que je veux,
Ce sont des noms tout faits, des noms déjà fameux.
Que n'êtes-vous au rang des auteurs qu'on admire,
Et qu'on veut acheter, sauf à ne pas les lire !
— Eh ! comment voulez-vous qu'on m'achète à mon tour
Si jamais mes écrits ne peuvent voir le jour?
Il faut être imprimé. — Ce n'est pas mon affaire.
— Mais, Monsieur l'éditeur, je ne suis pas libraire.
— Moi, Monsieur, je le suis, et j'entends mon métier,
Et j'ai le magasin le plus beau du quartier,

Et l'or pleut dans mes mains. Vrai colon, j'ai mes nègres
Que ne rebutent point les profits les plus maigres,
Et qui, pour quelques sous que je sème à mon gré,
Me bâclent des écrits d'un débit assuré.
Ma fortune est le fruit de ma prudence extrême,
Je ne hasarde rien. Consultez-vous vous-même,
Et publiez ; pourtant je vous préviens du cas,
Le poëme a fléchi, le vers ne se vend pas.
Dans le grand, c'en est fait de la littérature ;
Le Parnasse français est en déconfiture ;
La rime baisse ; un vers éclatant de beauté,
Au-dessous de zéro sur la place est coté.

« On adore l'argent, vous le savez sans doute ;
Mais des vers ! on dirait que chacun les redoute ;
Ainsi le siècle va. — Monsieur, le siècle a tort.
Voyez ! le cœur se ferme à tout noble transport.
Soif de l'or ! vrai poison. Divine poésie,
A nos lèvres c'est toi qui tiens lieu d'ambroisie...
—C'est bien ; mais, pensez-y, des lecteurs indolents
Sont loin de partager vos sublimes élans.
Au reste, jusqu'au bout suivez votre pensée,
Publiez. Un peu d'or, votre route est tracée.
Êtes-vous riche? — Non. — Tant pis ! je risquerais
De publier votre œuvre imprimée à vos frais.

Allons ! de mille écus faites le sacrifice.

— Eh bien !... soit ! Quel sera le fruit de ce caprice ?

Qu'en espérer ? — D'abord l'avantage assez doux

D'obtenir ce renom dont vous êtes jaloux,

Puis le produit certain d'une vente rapide.

— L'amour du gain, Monsieur, n'est pas ce qui me guide.

La gloire est le trésor que j'ai seul souhaité.

— Système ! un peu de bien n'a jamais rien gâté.

« La gloire pourrait seule embellir votre vie,

Dites-vous ; je veux bien seconder votre envie ;

Je vais, en peu de mots, sans me croire indiscret,

Des réputations vous dire le secret :

Que fait-on, quand on veut un succès littéraire ?

On s'assure d'abord du zèle d'un libraire,

Puis, dans chaque journal, un ami dévoué

Tient tout prêt un article où vous êtes loué.

Venant même au secours de sa paresse extrême,

Cet article obligeant, vous l'écrivez vous-même.

— Qui ? moi ! j'aurais le front... —De grâce ! calmez-vous !

Tous les jours, nous voyons ces choses parmi nous.

Ainsi des noms nouveaux la France est informée,

Et de nos immortels grandit la renommée.

— Ah ! monsieur l'éditeur, ce discours me confond.

— Faites tout bonnement ce que les autres font.

Payez tout, y compris les journaux, les affiches,
L'annonce d'apparat réservée aux plus riches,
Les dîners, les cadeaux en vermeil, en bons vins,
Enfin tout ; vos écrits alors seront divins,
Votre nom tout à coup sortira des ténèbres,
Et viendra resplendir parmi les noms célèbres...
— Monsieur, pareil manége est indigne de moi.
— D'accord ; mais de son temps il faut subir la loi.
— Sacrifier tant d'or !... — Oui, je le conjecture,
Vous êtes peu tenté de risquer l'aventure ;
L'apparence...—Il est vrai, simple ainsi que mes goûts,
Mon modeste pourpoint fera peu de jaloux ;
La fortune avec moi n'est pas d'intelligence ;
Toutefois, à l'abri de l'affreuse indigence,
Je vis content du peu que le sort m'a laissé ;
Mais, eussé-je un trésor dès longtemps amassé,
Je ne donnerais pas la moitié d'un centime
Pour payer d'un prôneur l'encens illégitime ;
L'intrigue est un chemin que dédaignent mes pas.
—Tant pis, monsieur l'auteur, vous n'arriverez pas.
— Eh bien ! j'aimerais mieux renoncer à la gloire,
Que d'obtenir du bruit en souillant ma mémoire.
Qu'elle reste sans tache !... — Oh ! oh ! vous prenez feu ;
Vous avez tort. Il faut jouer chacun son jeu ;
Le commerce est le mien. —Le mien, c'est la droiture.

J'aspire au long respect de la race future,
Et de mon talent seul je prétends obtenir
Une palme qui croisse encor dans l'avenir.
Qu'importe à mon orgueil que ma gloire usurpée
Éblouisse les yeux de la France trompée?
Je veux mériter tout; achetés ou surpris,
Mes succès à mes yeux n'auraient plus aucun prix;
J'aurais honte en secret d'une indigne louange.
Ma gloire ! je la veux pure d'un vil mélange;
J'ai le cœur fier.—Monsieur, c'est fort bien fait à vous;
Moi, je calcule; alors point d'affaire entre nous. »

A ces mots, le poëte a roulé son ouvrage;
Il sort, le cœur gonflé d'une secrète rage;
Sa bourse est vide... Hélas! son œil, de pleurs trempé,
Regarde tristement son habit noir râpé.

Le voilà remonté dans son sixième étage.
Là, l'étude et la paix deviennent son partage.
S'il pleura de dépit, ce moment de douleur
Déjà s'est effacé; l'espoir rentre en son cœur.

Contre le sort jaloux et l'aveugle fortune,
Sur ses lèvres expire une plainte importune.

Jamais vers les puissants il ne fit un seul pas ;

Il préfère aux palais son chétif galetas.

Là, bien haut, près du ciel, les muses le consolent,

Ses jours aériens paisiblement s'envolent ;

A son dernier sommeil, d'un doux songe flatté,

Il croira s'endormir dans l'immortalité.

A M. LE COMTE JOSEPH VIEN,

LE JOUR DE SA FÊTE.

Après une longue insomnie,
Au lit je rêvais, ce matin ;
Je voulais, nymphes d'Aonie,
Pour Joseph quelque doux refrain.
M'adressant à tout le Permesse,
D'espérance je me berçais ;
Hélas ! dans ma stérile ivresse,
Tous mes vœux étaient sans succès.

Ah ! daigne m'ouvrir la carrière,
Disais-je au dieu de l'Hélicon !
Ne rejette pas ma prière,
Je ne voudrais qu'une chanson.

Apollon, prête-moi ta lyre,
Mon vieux luth à moi n'est plus rien ;
Que ton souffle divin m'inspire
Des vers dignes du nom de Vien !

Tout à coup, ô surprise extrême !
Quelqu'un entr'ouvre mes rideaux.
Que vois-je ? C'est le dieu lui-même
Qui sourit et me dit ces mots :
« Tu m'exprimes ta déplaisance ;
Mais elle excite ma pitié.
Qu'as-tu besoin de ma présence ?
Ton Apollon, c'est l'amitié.

« Et puis, interroge l'histoire,
De deux noms tu sauras le prix ;
En or, au temple de Mémoire,
Des deux Vien les noms sont écrits.
Le fils est digne de son père,
Témoin Napoléon, Cérès !
Pour instruire, toucher et plaire,
Je lui révélai mes secrets.

« Par combien de vives images
Fécondes en émotions,

Par combien de brillantes pages
Il a signalé ses crayons !
A ses yeux déposant mon voile,
C'est moi qui conduis ses pinceaux ;
Devant lui s'anime la toile,
Et tout est vie en ses tableaux.

« De l'heureux époux de Céleste [1],
Tu connais les titres d'honneur ;
Mais, ainsi qu'elle, il est modeste,
Retiens un langage flatteur.
Tais-toi ! la prudence l'ordonne.
Que cet ordre soit respecté ;
Mais porte-leur cette couronne
Que tressa l'Immortalité ! »

[1] Madame la comtesse Céleste Vien, auteur de la traduction en prose d'*Anacréon*, de la traduction en vers des *Baisers de Jean Second*, et de plusieurs autres productions aussi remarquables par la justesse des pensées que par la pureté et les grâces du style.

Paris, 1838.

UN DÉLUGE.

FRAGMENT

Du Poëme d'OROMAZE,

PUBLIÉ EN 1832.

Des Hyades soudain les amphores fécondes
Épanchent dans les cieux les torrents de leurs ondes.
D'impétueux ruisseaux, des coteaux descendus,
Roulent par bonds au sein des vallons éperdus.
Les fleuves écumeux, franchissant leurs rivages,
Dans la plaine envahie étendent leurs ravages ;
Oublieux de leur gloire et de leurs longs discords,
Ils ne connaissent plus ni leurs noms, ni leurs bords ;
Déjà se perd au loin leur limite incertaine,
Leur onde, pour seul lit, n'a qu'une immense plaine,
Qui se mêle à son tour aux vastes champs de l'air.
Les monts sont effacés, et tout n'est qu'une mer.

13

Cependant un rocher qu'un vieux chêne couronne[1],
Seul, s'élève au désert d'une mer monotone.
Un villageois a vu ses granges, ses troupeaux,
Engloutis tour à tour dans l'abîme des eaux.
Il s'est enfui, portant sur son cou son vieux père,
Et traînant par la main la défaillante mère
De deux enfants, dont l'un, sur son sein retenu,
Pleure, pleure, étonné d'un péril inconnu,
Quand l'autre, qui déjà comprend son infortune,
Partage les tourments de la terreur commune,
Et, pressé d'échapper au sort le plus affreux,
En criant, de sa mère a saisi les cheveux.
Bientôt de longs éclairs, dans leur course rapide,
Couvrent tout l'horizon d'une lueur livide,
Et la foudre, au fracas de ses carreaux brûlants,
De la nue embrasée a déchiré les flancs.

Des parents, des amis déjà flottent sans vie.
Il faut sauver un père, une épouse chérie,
Deux enfants, doux trésors restés à son malheur.
Le corps roidi, le poil hérissé de frayeur,
Haletant, il gravit ; de sa main vigoureuse,

---

[1] Voyez, au Musée, le beau tableau d'une scène de déluge par Girodet.

Du vieux chêne il atteint une branche noueuse,

La famille au trépas peut échapper encor.

Le vieillard, bourse en main, pense sauver son or.

Hélas! sous le fardeau déjà la branche plie...

Elle plie... ô stupeur! tout à coup elle crie

Et se brise!.. En poussant quelques derniers sanglots,

Cette famille entière a péri dans les flots.

BOCCHORIS.

ÉPISODE

IMITÉ DU TÉLÉMAQUE DE FÉNELON.

———

Sésostris n'était plus ; l'Égypte inconsolable
Avait pleuré longtemps sa perte mémorable.
Ce deuil était sincère : on aimait Sésostris.
Sa mort laissait, hélas ! le trône à Bocchoris.
Ce prince, en héritant du sceptre de son père,
En partage n'eut point son noble caractère.
Il montrait pour les arts un sauvage mépris ;
Les savants dédaignés furent bientôt proscrits.
Violant sans pudeur l'hospitalité sainte,
Il remplit l'étranger de colère et de crainte.
Insensible à la gloire et dévoré d'orgueil,
On le voyait, aux bons faisant un sombre accueil,
S'entourer de flatteurs dont l'éloquence infâme

Louait les passions qui dégradaient son âme.
La cour était fermée aux vieillards vertueux
Dont les sages conseils, dans des temps plus heureux,
Guidant de Sésostris l'autorité suprême,
Relevaient sur son front l'éclat du diadème.
Au plus léger obstacle, une brusque fureur
S'emparait de ses sens et maîtrisait son cœur ;
Dans son œil reluisaient les feux de la vengeance ;
Sa bouche, en rugissant, proscrivait l'innocence.
Tout tremblait à sa voix ; par ce tigre irrité,
Le plus fidèle ami n'était point respecté ;
Le Nil voyait la mort planer sur son rivage...

L'Égypte, qu'indignait le plus dur esclavage,
Ne pouvait plus, réduite à l'excès du malheur,
Que languir dans l'opprobre ou punir l'oppresseur.
Mais son dernier espoir sur l'exilé se fonde.
Tout à coup, cent vaisseaux couvrent le sein de l'onde,
Ils approchent ; le peuple, en poussant de grands cris,
Court aux armes, se mêle à ses vengeurs chéris.

Bocchoris en fureur veut calmer ces désordres ;
Il s'agite, il ordonne, on foule aux pieds ses ordres ;
Ce despote superbe, on le brave à son tour.
Alors sous ses drapeaux il appelle sa cour ;

Les mauvais citoyens, appuis du despotisme,
A défendre un tyran mettent leur héroïsme,
Et l'on voit s'engager le plus sanglant combat
Qui puisse vers sa chute entraîner un État.

Le fougueux Bocchoris, altéré de vengeance,
Au plus fort des dangers signalant sa vaillance,
Du geste et de la voix anime ses guerriers ;
Sur des monceaux de morts il pousse ses coursiers ;
Son char écrase tout. Dans ce désordre extrême,
Le sang qui rejaillit souille son diadème.
Il bondit, rugissant comme un tigre en fureur
Qui, d'avance, de l'œil, dévore le chasseur :
Ses sujets sont en foule immolés à sa rage.

Honteux de fuir, le peuple enfin reprend courage.
Rappelant leur fierté, déjà les plus hardis
Se disputent l'honneur d'abattre Bocchoris.
Vainement ce monarque, affrontant la tempête,
A des coups redoublés veut dérober sa tête ;
Un javelot, que lance un bras plein de vigueur,
Va droit à Bocchoris et lui perce le cœur.
Il tombe ; de son corps sa tête est séparée,
Par les cheveux saisie, au peuple elle est montrée...
Le vainqueur s'abandonne au plus bruyant transport ;

Puis, contemplant ces traits où reposent la mort,
Ces yeux éteints, ces yeux naguère pleins d'audace,
Ces lèvres qui tantôt s'ouvraient à la menace,
Ces cheveux qui, tressés avec un soin nouveau,
Étaient, une heure avant, ceints du royal bandeau,
Ce front pâle et sanglant où la fierté respire....
Alors, rempli d'horreur, le peuple se retire,
Et plaint un insensé dont le règne inhumain
Au meurtre d'un monarque avait forcé sa main.

ÉPITRE A M. LE COMTE D'ORVAL,

POETE APPLAUDI APRÈS DINER.

———

I.

Hier, noble d'Orval, ta gloire fut complette.
Que d'encens exhalé de mainte cassolette?
Chacun te caressait d'un sourire obligeant.
Quand on a bien dîné, comme on est indulgent !
De cette ovation que t'offraient vingt complices,
Il m'en coûte, d'Orval, de troubler les délices ;
Mais ma sincérité doit ne te cacher rien,
Dans l'intérêt de l'art, et même dans le tien.
Et d'ailleurs souviens-toi qu'aux beaux siècles de Rome,
Un esclave, placé sur le char d'un grand homme,
Lui criait : « Fier vainqueur, en ce jour solennel,

Garde-toi d'oublier que tu n'es qu'un mortel!... »

Une égale splendeur à jamais environne
Les lauriers dú poëte et du fils de Bellone,
Conquêtes du génie et d'efforts obstinés ;
Mais les tiens, dans quel champ les as-tu moissonnés?

II.

A des juges tu veux lire une œuvre nouvelle.
Bien ; mais ta voix d'abord à table les appelle.
On vient. Ces fins chasseurs, de bombance amoureux,
Pour courir un dîner ne sont jamais boiteux.
On entre. Au seul aspect des flacons et des verres,
Se dérident déjà les fronts les plus sévères.
L'odorat, du festin se promettant sa part,
S'apprête à savourer le bouquet du pomard.
En pensant au bon vin, doux penser qui le touche !
Plus d'un gourmet sent l'eau lui venir à la bouche.
Quel faste! quel éclat! magnifique d'Orval,
Un ministre t'eût pris pour son digne rival.
A tes soins on croirait qu'il s'agit de séduire
Quelque orateur hargneux qu'on ne peut éconduire.
On sait que, de nos jours, un adroit corrupteur

S'adresse à l'estomac pour arriver au cœur.

Que de piéges ! quel art ! toi-même tu t'admires.

Tu n'as point épargné les gracieux sourires.

Tes convives, émus d'un accueil caressant,

Ont tous pressé ta main d'un air reconnaissant.

Fort bien ! l'ingratitude est le plus bas des vices,

Et tu peux désormais compter sur leurs services...

III.

On est debout. Bientôt le dîneur fortuné

A reconnu le rang qui lui fut destiné.

Il s'est assis; on sert. Un utile silence

Annonce que, pour lui, le vrai bonheur commence...

Il dévore... et pourtant chacun de tes amis

Sait que, pour dernier plat des vers lui sont promis.

Devant les mets friands dont la table est chargée,

On sourit, et ta muse est d'avance jugée.

Aux préceptes de l'art peut-on manquer en rien,

Quand on a des amis que l'on traite si bien?...

IV.

Je ne redirai point la superbe ordonnance

D'une fête où d'un prince éclatait l'opulence.

Des mets délicieux, sur les cœurs satisfaits,
Rappelons seulement les magiques effets.

La chère, d'un goût fin, d'une recherche exquise,
Eût d'un Apicius flatté la gourmandise.
Le bordeaux généreux, le champagne mutin,
Vont marier leurs flots à ceux du chambertin.
Du plus froid, par degrés, s'enlumine la joue;
Il comprend que tes vers méritent qu'on les loue.

Déjà, des connaisseurs à la ronde vanté,
Un chapon au gros sel excite la gaîté.
Tel, fier d'avoir vaincu l'odorante saucisse,
Sent fléchir sa valeur devant une écrevisse.
Tel qui résisterait à des ramiers jaloux,
Se rend aux doux appas d'une perdrix aux choux.
Viendrait-il à s'armer d'une audace nouvelle,
Une oreille de veau lui trouble la cervelle.
Veut-il lutter encor, prompt à se raviser,
Près d'un canard sauvage il va s'apprivoiser.
Le canard prudemment d'olives s'environne,
Et pourtant l'ennemi lui résiste et l'étonne;
Le canard à son aide appelle l'esturgeon,
Et près d'eux le dîneur fait enfin le plongeon.
L'un, qui d'une sarcelle a bravé la carcasse,

Pousse un tendre soupir aux pieds d'une bécasse ;
L'autre, après un turbot vaillamment combattu,
Ne peut contre un faisan défendre sa vertu.
Tel, vainqueur à l'assaut des viandes excellentes,
Cédera la victoire aux crèmes succulentes ;
Devant l'œuf à la neige il était tout en feu,
Mais la vanille obtient son plus secret aveu.
Tel n'aura pu, sentant sa défaite assurée,
Aborder sans émoi la charlotte sucrée.
Tel, enfin, qui fait rage à tout ce qu'on lui sert,
Croque une friandise et succombe au dessert.
Surtout, lui réservant le plus brillant trophée,
Tous rendirent hommage à la dinde truffée.
C'est une autre Égérie !... A l'idole du jour,
Ils ont, nouveaux *Numa*, su prouver leur amour....

V.

Près de là, les écueils pour eux se renouvellent,
Le moka, les liqueurs, les glaces les appellent.
On se lève de table et l'on passe au salon.
C'est là que doit enfin briller ton Apollon ;
C'est là que tes dîneurs vont se faire une étude
De prouver à d'Orval leur vive gratitude.

VI.

Au titre de ta pièce un hourra de bravos
De tes lambris dorés éveilla les échos.
Ton œuvre s'annonçait sous de brillants auspices,
Et ne rencontra plus que des juges propices.
Quels honneurs, en secret par toi-même applaudis,
T'offraient tes courtisans par Bacchus arrondis !
L'un, soigneux de marquer ton rang sur le Parnasse,
T'élevait sans scrupule à la première place ;
L'autre te promettait, au nom de l'avenir,
Des palmes dont l'éclat ne pourrait se ternir.
Celui-ci, trouvant tout harmonieux et riche,
Au passage semblait guetter chaque hémistiche,
Et, d'un vers commencé protecteur assidu,
Battait des mains avant de l'avoir entendu.
Celui-là, que ta muse enivrait de ses charmes,
En silence laissait couler de douces larmes.
De les cacher sa main s'imposait le devoir ;
Mais il avait grand soin que tu pusses les voir...
Plusieurs, à chaque vers qu'ils traitaient de merveille,
Immolaient à ta gloire et Racine et Corneille.
Il ne tenait qu'à toi d'accepter le brevet
Et d'homme de génie et d'écrivain parfait.

Aussi d'adulateurs ta Minerve entourée,
Dans son orgueil naïf à l'extase livrée,
Respirait les parfums d'un langage enchanteur,
Et dans tes traits perçait ta vanité d'auteur.

VII.

Applaudis-toi, d'Orval, j'y consens ; mais écoute :
Un écrivain prudent choisit une autre route,
Et, de sages conseils connaissant tout le prix,
Par des amis à jeun fait peser ses écrits.
A troubler leur cerveau tu mis un soin extrême.
Tu les avais séduits ; ils te trompaient toi-même,
Quand tu vis éclater leur admiration
Dans toute la ferveur de la digestion.

En festins, ton Vatel a des talents sublimes ;
Mais que n'a-t-il de même assaisonné tes rimes ?
Tes mets étaient exquis, mais tes vers sont mauvais.
Voilà deux vérités, et je te les devais.

VIII.

Il est de fait encor qu'une erreur sans excuses
Rend le siècle insensible au langage des Muses.

Si des vers excellents par lui sont rebutés,
Crois-tu qu'avec faveur les tiens soient écoutés?
Le public pour les sots n'est point facile à vivre.
Lorsqu'il rend ses arrêts le public n'est pas ivre;
De flatter, de ramper, rien ne lui fait la loi.
On est indépendant lorsqu'on dîne chez soi.
Si de fleurs de salon, ta muse couronnée
Risquait, la lyre en main, un public d'Athénée,
Tes fredons, sur l'art même appelant les revers,
Accroîtraient le dégoût qu'on ressent pour les vers,

Ce dégoût, j'en conviens, dégénère en manie.
Quel accueil glacial fait-on même au génie!
Tout poëte est en butte aux brocards des malins,
Et d'avance on l'inscrit au rang des Chapelains.
Du sifflet dont toujours la critique est armée,
Une muse modeste est sans cesse alarmée.
Lorsqu'un public nombreux s'empresse à nos concerts,
Il faut avoir du front pour réciter des vers.
Déclame-lui les tiens, d'Orval, un long murmure
T'apprendra que sa bouche ignore l'imposture;
Tu pourras reconnaître, à sa sévérité,
Qu'à ton conseil bachique il n'a point assisté.

Tes flatteurs aussitôt crîront à l'injustice.

« Au public la cabale a soufflé ce caprice,
Diront-ils; Monseigneur, que l'on ose opprimer,
Confondra les méchants s'il se fait imprimer. »

IX.

Seras-tu plus heureux en publiant ton livre ?
Un lecteur est un roi que sa puissance enivre,
Et des cruels affronts que tu sembles braver,
L'appui de tes dîneurs ne pourra te sauver.

Jusque chez nos neveux si tes œuvres parviennent,
Crois-tu qu'à leurs regards tes rimes se soutiennent ?
Non ; la postérité n'aura pas bu ton vin,
Et tu cesseras d'être un poëte divin…

X.

La franchise est souvent un moyen de déplaire.
La mienne va, sans doute, exciter ta colère ;
Soit ! mais en t'éclairant, je suis plus ton ami
Que si, sur un volcan, je t'avais endormi.
— Un volcan ! — Oui, d'Orval ; ta Minerve abusée
Des lecteurs dédaigneux deviendra la risée.

Le public, étranger à tes brillants repas,
De ton maître-d'hôtel fait assez peu de cas,
Et je le vois qui bâille aux accords de ta lyre.
Peut-être quelque oisif consentirait à lire
Des vers intéressants ; mais remarque ce point :
Ton volney, ton vougeot, ne l'intéressent point.

Vainement des prôneurs, te vendant leurs colonnes,
Auront chargé ton front d'éclatantes couronnes ;
Tes lecteurs, fatigués du tourment de l'ennui,
Briseront ta statue et son vénal appui...

XI.

Tu reçois fort gaîment cette triste nouvelle.
Tu ris du vertigo qui trouble ma cervelle,
Tu ris ; mais en secret ton orgueil offensé
M'en veut du sort fatal dont je l'ai menacé.
Ta voix, livrant mes jours aux pâles Euménides,
Ne m'appellera point à tes festins splendides.
Qu'importe ? peu jaloux de paraître à ta cour,
D'Orval, de ton dépit je sais rire à mon tour.

XII.

La douce liberté règne en mon humble asile.
Pour qui désire peu le bonheur est facile.
Le riche en son palais n'est heureux qu'à moitié.
Les misères des grands me font quelque pitié.
L'ambition les mine et l'orgueil les dévore.
Ils jouissent de tout et se plaignent encore !
Pour tromper le chagrin qui vient les oppresser,
Il faut que des flatteurs courent les encenser !
Du pauvre ils ont besoin d'obtenir les hommages ;
Le pauvre, pour jouir, n'attend point leurs suffrages.
Vraiment ! je plains leur sort ; il ne vaut pas le mien.
Ma médiocrité ne leur demande rien.

Aux dîners fastueux, je préfère, de reste,
Ma table de noyer, mon potage modeste ;
Qu'un ami le partage ! et, nous rendant heureux,
La gaîté s'est bientôt assise entre nous deux.
Inhabile à ramper, mon âme libre et fière
Jamais du pied des grands n'a baisé la poussière.
Aux puissants inconnu, de leur table exilé,
Je vis indépendant, obscur et consolé.

Paris, 1829.

LES LIONS.

FRAGMENT

DE RÉGULUS,

POEME HÉROIQUE INÉDIT [1].

Le proconsul marchait ; les places les plus fortes
A sa seule présence ouvraient leurs larges portes,
Et laissaient au héros de faciles exploits.
Clypéa la première avait subi ses lois ;

[1] Ce poëme, commencé il y a plus de trente ans, ne sera peut-être jamais achevé. Il contient déjà de huit à dix mille vers ; quelques pages suffiraient pour le porter de douze chants, qui en faisaient un tout complet, à quinze chants, que semble demander l'entier développement de mon sujet ; mais il est probable que ces *quelques pages* ne seront jamais écrites. Le prosaïsme de notre époque est fait pour glacer l'imagination la plus chaleureuse. Je me suis borné, jusqu'à ce jour, à publier divers fragments de mon poëme de *Régulus* ; j'en donne encore ici quelques-uns, en regrettant que la nature de mon cadre m'interdise des épisodes plus étendus et plus intéressants.

Hannon, déjà vaincu, n'osant point se défendre,
Sous les remparts d'Adis avait couru l'attendre.
Là, dans ses faibles rangs, volèrent à sa voix
Le Maure et le Gétule aux venimeux carquois,
Tribus pour un peu d'or à Carthage vendues,
Et des flancs de l'Atlas en hâte descendues.

L'aube avait remonté sur son char argentin ;
Dans les airs frissonnait la brise du matin ;
Les Romains, radieux comme en un jour de fête,
Partent de Clypéa, leur première conquête ;
Contre un péril plus grand leurs cœurs sont affermis ;
Mais ce jour a passé sans montrer d'ennemis.

La nuit vient. Régulus, d'une voix paternelle,
Ordonne le repos à sa troupe fidèle ;
Le baume du sommeil, baume réparateur,
Aux soldats fatigués va rendre leur vigueur.

Sur un sable encor chaud tout dormait dans l'armée ;
Quel bruit frappe soudain son oreille alarmée?
La plaine retentit d'affreux rugissements
Semblables au tonnerre en ses longs roulements.
Tout s'éveille ; à courir aux armes tout s'empresse,
Autour du général chaque soldat se presse ;

Telles, bêlant de crainte à l'aspect du danger,
De timides brebis entourent le berger,
Quand des loups affamés, l'œil brillant de furie,
Accourent en hurlant du fond de la prairie.

« Romains, dit Régulus, apaisez votre effroi ;
Ces lions, chassons-les. Venez, imitez-moi,
De feux armons nos mains, la victoire est aisée. »
Saisissant à ces mots une torche embrasée,
Il s'élance, et soudain, devant son bras ardent,
Les lions étonnés reculent en grondant.
Un seul reste et conserve une rage intrépide ;
Sa docile fureur obéit au Numide
Qui, dès ses jeunes ans, l'a tenu sous ses lois,
Et l'excite aujourd'hui du geste et de la voix.
Ce Numide est Moloch, le dieu Moloch lui-même,
Sous les traits d'un vieillard cachant son rang suprême.
Il oppose aux Romains, pour arrêter leurs pas,
Le lion le plus fier qu'ait enfanté l'Atlas.
Ce lion belliqueux agite sa crinière,
Et bondit au milieu d'un torrent de poussière.
Le monstre en rugissant bientôt s'est élancé,
Mais de son javelot Régulus l'a percé ;
Il meurt en se roulant tout sanglant sur le sable.
« Romain, dit le vieillard que ce revers accable,

Le lion de Moloch a péri par ton bras ;
Mais tremble ! un jour Moloch vengera son trépas ;
Malheur à toi ! malheur ! » A ces mots, le Numide
S'enfuit dans le désert d'une course rapide ;
La nuit cache ses pas. Régulus, à son tour,
Marche et couvre la plaine aux premiers feux du jour.

Le voilà s'avançant dans un espace immense
Bordé d'un horizon qu'efface la distance,
Dans le vague d'un air brûlant, mystérieux,
Où se perdent ensemble et la terre et les cieux.
De rares oasis, que le palmier couronne,
Marquent de points obscurs ce désert monotone,
Et parfois le chameau s'offre à l'œil incertain,
Cheminant lentement vers quelque puits lointain.

LE SIMMOUN [1].

FRAGMENT

Du poëme de RÉGULUS.

———

Les soldats fatigués font halte ; et, sur le sable,
A peine s'asseyait la tente secourable,
Qu'au milieu d'un bruit sourd, le soleil rougissant
Cache son large front sous un voile de sang.
Les Romains sous leurs pieds sentent trembler la terre.
L'air recèle en son sein quelque horrible mystère ;
Il est calme, et pourtant, quels dieux l'ont ordonné?
Des palmiers a frémi le feuillage étonné.

Tout à coup l'air s'émeut et les cieux s'obscurcissent,

———

[1] Le vent du désert.

Les vents, rivaux fougueux des lions qui rugissent,
Par de longs sifflements annoncent leur fureur,
Et répandent au loin le trouble et la terreur.
Par leur souffle poussés, des torrents de poussière
Ont inondé le char du dieu de la lumière,
Et d'un autre océan les redoutables flots
Tombent sur le désert menacé du chaos.

Un géant apparaît sous les traits d'un Numide ;
C'est le Simmoun. Ses pieds touchent le sable aride,
Et jusque vers les cieux, où son souffle a tonné,
Il élève son front aux vents abandonné.

Étendant sur l'armée une main menaçante :
« Je suis Moloch, dit-il d'une voix mugissante ;
Éloigne-toi, Romain, retourne sur tes pas ;
Souviens-toi de Cambyse, évite son trépas.
Gardien du grand désert, je protége l'Afrique.
Téméraire, abandonne un espoir chimérique,
Crains d'être enseveli dans ce sable mouvant.
Tremble ! sur ce désert je passerai souvent.
— Passe ! dit Régulus, je connais ta puissance ;
Mais dans l'appui des dieux j'ai mis mon espérance.
Ce sont les dieux de Rome, ils ne souffriront pas
Qu'un dieu numide ici puisse arrêter nos pas.

Nous ne prétendons point, dans une course vaine,
Envahir les déserts que protége ta haine,
Mais, bravant tout, d'un cœur toujours plus affermi,
Dans un cercle de fer étreindre l'ennemi.
Lâche imposteur ! en vain dans ton orgueil extrême,
Esclave de Moloch, tu ceins son diadème ;
Nous suivrons malgré toi le bord de tes déserts ;
Déjà nous t'échappons, fougueux tyran des airs. »

Les tentes néanmoins ne résistaient qu'à peine.
Le soldat effrayé crut sa perte prochaine ;
Mannius l'entourait d'un murmure importun.
Régulus, d'un regard, fit taire le tribun.
Le héros, d'une voix qui domine l'orage,
Des Romains consternés ranime le courage.
Du simmoun le courroux s'apaise par degrés,
Et l'espoir rentre au cœur des soldats rassurés.

Mannius seul, toujours esclave de la crainte,
Semble prêt à pousser quelque nouvelle plainte.
Mais qui lui donne encore un utile conseil ?
La hache qui reluit aux rayons du soleil.

L'OASIS.

FRAGMENT

Du poëme de RÉGULUS.

———

On marchait ; des discours du plus sinistre augure
Sourdement des soldats provoquaient le murmure ;
Mannius en secret leur soufflait son courroux.
« Proconsul, dirent-ils, où nous conduisez-vous ?
Eh quoi ! nos yeux, remplis d'une ardente poussière,
Ne peuvent sans douleur s'ouvrir à la lumière,
La soif brûle et roidit nos palais desséchés.
—Courage ! de nos maux les dieux semblent touchés,
Dit le héros, rendons hommage à la nature !
Voyez dans le lointain cette sombre verdure,
C'est celle des palmiers et des lentisques frais.
Sans doute, sous l'abri de leurs rameaux épais,

Une eau pure est pour nous par le ciel réservée ;
Salut à l'oasis qui nous l'a conservée !
Quel précieux trésor ! De ce bienfait des dieux,
Que les deux Messala s'assurent par leurs yeux ;
Allez, jeunes Romains ! » Aussitôt les deux frères
Ensemble sont partis : ils ne se quittaient guères.
Cherchant la même gloire ou le même trépas,
A côté l'un de l'autre ils volaient aux combats.
L'armée en leur vitesse a mis sa confiance,
Mais attend leur retour avec impatience.

On les a vus de loin entrer dans l'oasis,
De l'espoir le plus doux tous les cœurs sont saisis ;
Cette eau tant désirée, on l'obtiendra peut-être.
Mais quoi ! les Messala tardent à reparaître !
Chercheraient-ils en vain ? Tous les soldats muets
Fixent sur l'oasis des regards inquiets.
« Rien ne vient ! qui s'oppose à leurs pas si rapides ?
Seraient-ils donc tombés dans les mains des Numides ?
Ah ! courons leur offrir nos glaives protecteurs !
Généreux Messala, vous aurez des vengeurs... »
Ainsi pensait l'armée en ce moment d'alarmes.
Déjà tout s'agitait, déjà brillaient les armes.
Mais un doute cruel fut bientôt éclairci,
Lorsqu'un soldat joyeux s'écria : « Les voici ! »

Ils arrivent; le sang coule de leurs blessures.

D'un serpent avaient-ils éprouvé les morsures?

Leurs amis effrayés s'empressent autour d'eux.

Devant le proconsul ils s'avancent tous deux,

Et dans leurs regards brille une flamme héroïque.

L'aîné des Messala dans ces termes s'explique :

« Nous avions triomphé de ces sables mouvants,

Et surmonté leurs flots amassés par les vents;

Entrés dans l'oasis, où les fleurs, la verdure,

Étalaient à l'envi leur riante parure,

A nos regards charmés tout à coup s'est offert

Un palais élégant, mais aujourd'hui désert.

Sans doute, des Romains évitant la poursuite,

Au seul bruit de nos pas son maître a pris la fuite.

Mais admirer longtemps, hélas! nous touchait peu;

C'est de l'eau qu'il fallait à nos lèvres de feu.

Nous trouvons un bassin plein d'une onde limpide.

Tandis qu'armé d'un vase, et le regard avide,

Mon frère y puisait l'eau, sur sa rive penché,

Un tigre l'épiait, par des cactus caché.

A travers les rameaux, sous un sombre feuillage,

Je vois luire son œil étincelant de rage,

Je m'écrie... aussitôt Messala frémissant

Se lève, et tient en main son glaive éblouissant.

Le monstre d'un seul bond sur mon frère s'élance,
Mais sa large poitrine a rencontré ma lance,
Le glaive de mon frère aussi cherche son cœur.
Il rugit en mordant le fer avec fureur,
Il se roule, il bondit ; de sa griffe sauvage,
Il nous a déchiré les mains et le visage ;
Ce sang n'est rien, le tigre est tombé sous nos coups,
Il est mort ; désormais l'oasis est à nous,
L'oasis et son eau si limpide et si pure.
En voici : général, ma voix vous en conjure,
Buvez ! » Le proconsul, avec émotion,
Prend la coupe en disant : « Votre belle action,
Jeunes guerriers, mérite un éclatant hommage.
C'est sans doute Moloch, dont l'impuissante rage
A suscité le tigre abattu sous vos coups.
Vous avez triomphé : nos dieux veillaient sur vous.
Quant à l'eau précieuse en ce vase enfermée,
Cette coupe est trop peu pour toute notre armée,
Je l'offre à Jupiter, protecteur des Romains,
Le monde est son autel. » Il dit ; ses nobles mains
Versent pieusement la coupe sur le sable.
« Le Dieu de l'univers nous sera favorable,
Reprit-il, l'oasis qu'il daigne nous livrer
Offre déjà son eau pour nous désaltérer ;
Mais dût longtemps encor durer notre souffrance,

Rome en vain n'a pas mis en nous son espérance,
Nous supporterons tout. Après de longs travaux,
Une immortelle gloire a des charmes nouveaux.
Mais vers son frais bassin l'oasis nous appelle,
Demandons à ses eaux une vigueur nouvelle,
Partons !» Tous les soldats, dans un bruyant concert,
Par de longs cris de joie ébranlent le désert.

On arrive, ô transport ! une fraîche verdure
Ombrageait un bassin plein d'une eau claire et pure.
De cet autre nectar les Romains abreuvés
Dédaignent les périls qui leur sont réservés.

LA CARAVANE.

FRAGMENT

Du poëme de RÉGULUS.

Des eaux de l'oasis les Romains abreuvés
Dédaignent les périls qui leur sont réservés,
Et, par une autre soif maintenant animée,
Déjà vers le désert se dirige l'armée,
Jalouse de courir à de nouveaux hasards.
Mais quelle troupe au loin vient frapper ses regards?
Est-ce Hannon qui prétend, plein d'un nouveau courage,
Fermer à Régulus la route de Carthage?
D'Ecnome voudrait-il réparer le malheur?
A-t-il aux Africains rendu quelque valeur?
Cette troupe s'arrête, et bientôt prend la fuite.
Les cavaliers romains volent à sa poursuite.

Atteints, les fugitifs, pâles et consternés,
Devant le proconsul sont sans peine amenés.
Que voit-il? Des enfants et des femmes craintives,
Des hommes lui tendant des mains inoffensives,
Des chameaux au long cou, au pas tranquille et lent,
A l'épaule robuste, au regard indolent,
Esclaves oublieux du faix qui les accable
Et de leur longue soif dans ces plaines de sable.

Un vieillard hors des rangs s'avance et dit : «Guerrier,
Pourquoi tourner sur nous ton glaive meurtrier?
Je suis Brascar, le chef d'un peuple doux et sage.
Des rives du Niger nous allions à Carthage,
Pour vendre les parfums que portent nos chameaux,
Quand tes guerriers sur nous ont poussé leurs chevaux,
Et, le glaive à la main, nous ont, d'une voix dure,
Déclarés leurs captifs. Cette cruelle injure,
A quel titre, dis-moi, devons-nous l'endurer?
Que nous reproches-tu qu'il faille réparer?
Pourquoi, nous accablant de menaces horribles,
Enchaîne-t-on nos pas, nous, voyageurs paisibles?
Et moi, que par ton ordre oppriment tes soldats,
En quoi t'ai-je offensé? je ne te connais pas.
Si l'atagan vengeur brille à notre ceinture,
Regarde sous quels cieux nous jeta la nature;

Songe à tous les périls dont ce sol est couvert :
D'audacieux brigands parcourent ce désert,
Que désolent aussi mille animaux sauvages,
Et ne devons-nous pas repousser leurs outrages?
Toi, te redoutions-nous? t'avons-nous attaqué?
Nous passions : au combat t'avons-nous provoqué?
C'est du droit du plus fort que tu nous fais la guerre ;
Ce droit, il appartient au tigre, à la panthère.
Veux-tu leur ressembler? non, laisse-toi fléchir.
Guerrier, dans nos climats viens-tu pour t'enrichir?
Veux-tu de l'or? attends! Il abonde à Carthage,
J'en aurai; laisse-moi terminer mon voyage,
Je paîrai ma rançon. En attendant cet or,
Pour otage, en partant, je te laisse un trésor :
C'est ma fille. Regarde! elle est jeune, elle est belle,
La plus belle. Quel feu jaillit de sa prunelle!
Reçois mon Ézilda. — Je ne puis le souffrir!
Crie Octar. La laisser! non, non! plutôt mourir!
Je l'aime, et, si l'on veut qu'elle me soit ravie,
Avant tout, il faudra qu'on m'arrache la vie!
Je la tiens dans mes bras, qu'on vienne!... —Calme-toi,
Jeune homme; tu n'as rien à redouter de moi,
Dit Régulus, touché de sa douleur extrême.
Tu ne quitteras point celle que ton cœur aime ;
Je suis loin de vouloir t'enlever ce trésor.

Vieillard, garde ta fille, et garde aussi ton or.
Je ne viens point troubler le repos des familles ;
Oui, nous respecterons vos femmes et vos filles.
Vous ne possédez rien dont nous soyons jaloux,
Et vos biens, quels qu'ils soient, restent sacrés pour nous.
Paix aux peuples ! chez eux si nous portons la guerre,
C'est pour les délivrer de leur longue misère.
Tendant aux opprimés sa secourable main,
Rome veut aux tyrans ôter le genre humain.
Un dessein généreux nous pousse vers Carthage ;
Sans trouble vous pouvez finir votre voyage ;
Allez ! et dites bien aux peuples alarmés
Que pour les affranchir les Romains sont armés. »

A ces mots, bénissant la main qui la renvoie,
La caravane part avec des cris de joie.
Le vieux Brascar s'épuise en hommages flatteurs,
Et la tendre Ézilda laisse couler des pleurs.

LES BRIGANDS DU DÉSERT.

FRAGMENT

Du poëme de RÉGULUS.

———

Déjà les lourds chameaux que la voix encourage,
A pas lents ont repris la route de Carthage,
A leur gauche laissant le désert de Zara,
Ils s'éloignent ; bientôt Régulus les suivra.

D'abord ses légions, envahissant la plaine,
Déroulent les anneaux de leur immense chaîne.
S'assurant sa victime, un aigle au vol puissant
Trace du haut des cieux un cercle menaçant ;
Tel Régulus, déjà l'œil fixé sur sa proie,
Autour d'elle, de loin, fièrement se déploie.
Mais, précédant ses pas sur le sable mouvant,

De hardis éclaireurs se portent en avant.
On sait que d'Ogrodas, terreur de la contrée,
Rôde aux bords du désert la phalange abhorrée;
Dans le fond du Zara l'on veut le refouler.

Au secours de Brascar[1] on dut bientôt voler,
Ogrodas l'attaquait. La victoire incertaine
Balançait ; mais tout cède à la valeur romaine.
Les cavaliers vainqueurs au camp sont retournés,
En poussant devant eux les brigands enchaînés.

Leur chef, la rage au cœur et l'injure à la bouche,
S'adresse au proconsul avec un air farouche :
« Pourquoi, dit-il, pourquoi me charges-tu de fers?
Sommes-nous trop de deux pour ces vastes déserts?
Est-ce à dominer seul que ton orgueil aspire?
Entre nous il vaut mieux en partager l'empire.
Sans trop de honte on peut partager avec moi :
Le nom seul d'Ogrodas au loin porte l'effroi.
J'étais roi, quand Carthage, en sa puissance inique,
Prétendit m'imposer un tribut tyrannique;
Mais un sceptre d'esclave en vain m'était offert,
D'un vil trône j'ai fui jusque dans le désert.

[1] Le chef de caravane dont il est parlé dans l'épisode précédent.

Là, tâchant à mon tour d'humilier Carthage,
Je règne délivré d'un honteux esclavage.
En pillant leurs trésors, je pille des voleurs;
Les premiers criminels, ce sont mes oppresseurs.

« On m'appelle brigand; ne l'es-tu pas toi-même?
Un conquérant altier, dans sa gloire suprême,
N'est-il pas un voleur caché sous un grand nom?
Est-il autre que moi, quel que soit son renom?
Que veux-tu, pour qu'enfin ta colère s'apaise?
Mon or? je n'ai point d'or; ma vie? elle me pèse,
Prends-la. Sous le malheur je suis las de fléchir,
De vingt ans de chagrins la mort va m'affranchir.
Venge mes oppresseurs et porte-leur ma tête!
Ah! plutôt de Carthage entreprends la conquête!
Marche! de ma valeur je t'offre le secours.
Vainqueur? sur ses débris dispose de mes jours,
Je mourrai satisfait. Attends donc; mon courage
Sous tes lois peut t'aider à réduire Carthage.
Écoute : les succès par mon bras obtenus
Aux enfants de l'Atlas ne sont point inconnus;
Au seul bruit de mon nom, de vaillantes peuplades
Joindront à mes guerriers leurs phalanges nomades,
Qui, pour briser enfin le joug carthaginois,
Du sein de leurs rochers voleront à ma voix.

Ogrodas est comme eux fils de la Numidie,
Comme eux, de nos tyrans je hais la perfidie ;
Comme eux, pour la vengeance et pour la liberté,
Je veux joindre à ton bras mon bras ensanglanté....

« Sans patrie, au désert mon glaive m'en fit une.
J'en méritais une autre. Eh bien ! si la fortune
Me la réserve, il faut que je vole aux combats.
Rends-moi libre, sinon commande mon trépas.

« — Tu vivras, mais abjure un honteux brigandage,
Répond le proconsul ; le meurtre et le pillage
Sont-ils dignes de toi, dont le cœur généreux
Était né pour s'ouvrir à de plus nobles vœux ?
L'amour de la vertu dort au fond de ton âme,
Tu dois y réveiller cette divine flamme.
Sois fier ; mais désormais, plus juste et plus humain,
Du sang des voyageurs ne souille plus ta main ;
Que sur les tyrans seuls retombe ta furie !
Ton cœur indépendant demande une patrie,
Est-ce dans le désert que tu peux l'obtenir ?
C'est Carthage qu'il faut et frapper et punir !

« Retourne vers l'Atlas, ranime le courage
De tes frères courbés sous un long esclavage.

Contre vos oppresseurs, Numides, levez-vous,
Et pour la liberté combattez comme nous!
Votre alliance alors pour Rome aura des charmes.
Jusque-là, loin de nous le secours de vos armes!
Nos rangs resteront purs, et d'ailleurs aujourd'hui
Nous pouvons triompher sans chercher votre appui.
Soyez libres pourtant; partez, vaillants Numides,
Partez! Et toi, le chef de soldats intrépides,
Avant de nous quitter, jure, devant les dieux,
De fuir d'un vil brigand les exploits odieux.
Tu frémis! n'oses-tu le jurer? — Je frissonne
Au timide serment que ta bouche m'ordonne... »
Le farouche Ogrodas, roulant des yeux ardents,
Accompagne ces mots d'un grincement de dents.
« Aux crimes du désert, renonce! — Je le jure!
Et jamais Ogrodas ne connut le parjure;
Mais il me faut du sang! et malheur aux pervers
Qui m'ont réduit au choix ou du meurtre ou des fers;
Adieu! je ferai tout pour sortir d'esclavage. »

A ces mots, prononcés avec l'air de la rage,
Ogrodas est parti. Pour de nouveaux combats,
Les Romains vers Adis ont dirigé leurs pas.

LES CHARMEURS DE SERPENTS.

FRAGMENT

Du poëme de **RÉGULUS**.

———

I.

Adis a des Romains augmenté les conquêtes.
Après les jours de deuil viennent de tristes fêtes,
Sauvage amusement qu'au soldat étranger
Présentent des jongleurs pour un tribut léger.
Par de longs pieux en cercle une enceinte est formée,
Ouverte aux seuls acteurs, à tout autre fermée;
Sur de vastes gradins, des spectateurs nombreux
Pourront voir sans péril d'épouvantables jeux.

Dans ces lieux les Romains en toute hâte accourent,
Interrogent de l'œil la scène qu'ils entourent,

Cherchent, mais vainement ! rien encor n'a paru,
Et la foule a déjà bruyamment discouru.
Seulement, dans le fond de la scène déserte,
Une caisse fermée aux regards est offerte.
Un long murmure éclate : alors, plus de retard ;
Deux Maures presque nus, Acerbal et Algard,
L'un sur l'autre appuyés dans leur marche incertaine,
L'œil sombre et soucieux, s'avancent dans l'arène.

Ils s'arrêtent ; leurs yeux au ciel sont élancés ;
Avec un long soupir ils se sont embrassés.
Le sort nomme celui dont le mâle courage
Bravera le danger qui sera son partage ;
L'un semble dire à l'autre un éternel adieu.
Puis Algard se retire. En ce terrible lieu,
Acerbal reste seul. Brûlante est son haleine :
« Dieu du désert, dit-il, prends pitié de ma peine !
Jamais tant de frayeur ne s'empara de moi ;
J'implore ton appui, je n'ai d'espoir qu'en toi !... »

Tout se tait, et soudain l'horrible caisse s'ouvre ;
On écoute, on regarde, et bientôt on découvre
Un serpent qui, sorti du lieu de son repos,
Déroule avec lenteur ses mobiles anneaux ;
Sans colère et sans bruit il glisse sur le sable,

Et son aspect, d'abord, n'a rien de redoutable.

Les spectateurs, témoins de sa tranquillité,
Admirent sans effroi l'éclat de sa beauté.
Aux reflets de sa peau la foule se récrie ;
A la topaze, à l'or, la pourpre s'y marie ;
Près d'elle pâliraient les plus brillantes fleurs,
Et l'arc-en-ciel n'a point d'aussi vives couleurs.

II.

Son air calme ne laisse aucun sujet de crainte.
Cependant il s'arrête au milieu de l'enceinte,
Il regarde, et par lui le Maure est aperçu !
Il se dresse en poussant un sifflement aigu ;
En spirale bientôt se roulant sur lui-même,
Il se ramasse, il s'enfle en sa fureur extrême,
Dans sa gueule béante agite un triple dard,
Et de flèches de feu fait briller son regard.
Il fond sur Acerbal, et, sous sa dent cruelle,
Du jongleur déchiré par flots le sang ruisselle.
S'efforçant d'échapper à ses puissants replis,
Acerbal s'en éloigne en jetant de grands cris.
Mais un second serpent, plus redoutable encore,

Aussi prompt que l'éclair, s'élance sur le Maure,
Le saisit et l'étreint dans ses robustes nœuds,
Et fait retentir l'air de sifflements affreux.
Sa peau noire, livide, est d'un sinistre augure;
Sa tête d'un cœur d'homme emprunta la figure;
Mais un homme à ses yeux à peine s'est offert,
Qu'il surpasse en fureur le tigre du désert.

III.

L'horrible serpent noir, monstre inconnu de Rome,
Elbusfah! c'est ainsi que l'Afrique le nomme,
Armé pour les combats de poisons meurtriers,
Affronterait lui seul le fer de vingt guerriers.
En stériles efforts Acerbal se consume;
Son corps frémit, son cou s'enfle, sa lèvre écume;
Il étouffe, pressé dans des replis d'airain;
Il repousse Elbusfah, mais le repousse en vain.
Ses yeux roulent hagards, tous ses membres se tordent,
Et ses deux ennemis sans relâche le mordent.
Ils doivent le surcroît de leur féroce ardeur
A la lutte qu'oppose un reste de vigueur.
Tous deux contre Acerbal déployant leur génie,
Montrent dans leur attaque une affreuse harmonie.

Éleffah s'entortille à ses genoux tremblants;

Et, cruel à plaisir, lui déchire les flancs.

Elbusfah, qui l'étreint des nœuds de sa colère,

Lui voudrait de son dard ouvrir la jugulaire;

Le sang, sous les anneaux qui viennent le presser,

De la veine fragile est prêt à s'élancer.

Le reptile en la bouche ose enfoncer sa tête :

Le Maure entre ses dents la saisit et l'arrête.

Alors le serpent noir, rendu plus furieux,

D'un sifflement perçant fait retentir les cieux,

Et dans ses durs anneaux le presse davantage.

Le jongleur perd enfin sa force et son courage;

Sur le sable de sang et d'écume inondé,

Il tombe.... Avec horreur chacun l'a regardé.

Le malheureux encor se débat sur l'arène,

Mais sans espoir, hélas! Sentant sa mort prochaine,

Il jette un dernier cri de douleur et d'effroi,

« Dieu du désert, dit-il, pitié, pitié de moi! »

IV.

Il ne résiste plus, en lui s'éteint la vie;

La rage des serpents est loin d'être assouvie.

Mais Halgard qui voit tout, près de ces lieux caché,

Compte sur un prodige à son *charme* attaché.
De son aigre sifflet le son aigu résonne :
La fureur des serpents soudain les abandonne ;
Ils quittent leur victime à regret généreux,
Et gagnent en rampant leur réduit ténébreux.
Tous deux y sont rentrés comme en un sûr asile.
Leur prison se referme. Alors, d'un pas agile,
Vers son ami gisant Halgard s'est élancé ;
Il ne trouve qu'un corps immobile et glacé,
Un corps couvert partout de profondes morsures.
D'une liqueur noirâtre il lave ses blessures ;
Avec un coin de fer il desserre ses dents,
Et verse la liqueur avec des soins prudents ;
Vainement il la souffle en sa large narine,
Toujours le même poids affaisse sa poitrine ;
Nul signe de salut : on le croit expiré.

Halgard en vain l'appelle ; Halgard, tout éploré,
S'accuse mille fois de sa lenteur fatale
A sauver son ami d'une lutte inégale.
Il le prend dans ses bras par un reste d'espoir,
Et le porte au soleil, dont il sait le pouvoir.
« Viens, viens, cher compagnon ! dit-il avec tendresse,
Ne crains pas qu'aujourd'hui ton ami te délaisse !
Trop tard partit le son qui dut te délivrer,

Faute que le soleil lui seul peut réparer ;
C'est le dieu du désert, et ce dieu secourable
Aux charmeurs de serpents fut toujours favorable :
De ses puissants rayons il va te ranimer.... »
A ces mots, sa terreur a paru se calmer.
Il redouble de soins ; le dieu de la lumière
Le seconde : Acerbal rouvre enfin la paupière ;
Il sent son compagnon le presser sur son cœur ;
Mais lentement revient sa première vigueur.

V.

Et voilà vos plaisirs, vous, peuplades barbares !
De spectacles de sang vous n'êtes point avares ;
Le vil amour du gain, dans vos brûlants climats,
Aux charmeurs de serpents fait braver le trépas.

Aux rochers de l'Atlas, dans des piéges habiles,
De cupides jongleurs surprennent ces reptiles ;
Ils leur brisent les dents dont ruisselle un venin
Qui toujours au blessé donne un trépas soudain.
Le jongleur peut alors affronter leurs morsures ;
Il sait quelle liqueur peut guérir ses blessures,
Mais leur âcre salive et leur souffle empesté

Leur restent pour servir encor leur cruauté.

Sous les feux du tropique, à des penchants féroces,
Plaisent d'horribles jeux et des scènes atroces;
Le barbare, fidèle aux usages transmis,
Respecte aveuglément les préjugés admis.
Des siècles passeront sur l'Afrique sauvage,
Et de cruelles mœurs resteront son partage;
Les hommes y tiendront, par mille traits divers,
Aux monstres furieux qui peuplent ses déserts.

Les usages sanglants trop longtemps se soutiennent;
Des peuples policés eux-mêmes les maintiennent.
Rome, toujours constante en ses goûts destructeurs,
Ouvrait son vaste cirque à des gladiateurs!...

LA PRISON.

FRAGMENT

Du poëme de RÉGULUS.

1.

Quels sont ces murs noircis, aux menaçantes formes,
Cette lugubre tour, que des chaînes énormes
Protégent puissamment de leurs anneaux d'airain,
Cette garde immobile au front dur et chagrin,
Cette porte de fer et basse et ténébreuse,
Ce fossé circulaire où dort une eau fangeuse,
Et ces vapeurs de mort qui semblent, des enfers,
En nuage empesté s'exhaler dans les airs ?
Qu'entends-je ? sur ses gonds la lourde porte crie
Et s'ouvre ; du malheur cet antre est la patrie.
Ah ! sachons surmonter un douloureux effroi,

Entrons ! La torche luit, descendez avec moi,
Oui, suivons cette route et tortueuse et sombre,
Sous cette voûte humide où l'épaisseur de l'ombre.
Ne cède que parfois aux étroits soupiraux
Qui des longs corridors éclairent les arceaux.

De profonds souterrains, froid séjour des ténèbres,
Élèvent à l'envi leurs murailles funèbres.
Quel silence ! le bruit de la plainte ou des fers
Trouble seul quelquefois le calme affreux des airs.
Marchons. Dieux ! quel séjour ! une lueur timide
Entre d'épais barreaux glisse en ce gouffre humide.

II.

Et voilà le sépulcre où des hommes cruels
Enterrent des vivants qu'ils disent criminels !
Les coupables ont-ils commis de plus grands crimes
Que le juge en ce gouffre entassant ses victimes ?
Les coupables ! que dis-je ? ô combien d'innocents
En ont mouillé le sol de leurs pleurs impuissants !
Ils en frappaient les murs d'une stérile plainte ;
Personne pour répondre à leur voix presque éteinte !

Le puissant, aux plaisirs laissant filer ses jours,

Sur le duvet s'endort, bercé par les amours,
Lorsque, las de nourrir une espérance vaine,
Le prisonnier se roule et se tord dans sa chaîne!

Traîner de longs jours seul, sans lumière, sans air!
Un cachot! l'inventer fut digne de l'enfer.
Un cachot! Abjurons des supplices atroces,
Leur cruauté ne plaît qu'à des âmes féroces.
Quoi! l'homme jeter l'homme au fond d'un souterrain!
N'est-il plus que des cœurs ou de marbre ou d'airain?
Nous creusons des cachots au nom de la patrie,
Et nous nous croyons loin des temps de barbarie!

III.

Mais quel est ce captif sur la terre couché,
Et de son sort fatal paraissant peu touché?
C'est Régulus. Il dort, son sommeil est tranquille,
De sa lèvre s'exhale une haleine facile,
Son cœur bat sans efforts, et nuls remords secrets
N'ont agité son sein, n'ont altéré ses traits.
Mais quoi! son bras robuste a remué sa chaîne,
Le voilà qui s'éveille, et la fierté romaine
Brille dans son regard. Sur ces horribles lieux,
Un moment, d'un air grave il promène les yeux,

Puis, avec cet accent qui sort du fond de l'âme,
Il nomme tour à tour et son fils et sa femme ;
Et dans un long soupir sa tendresse a parlé,
Puis sur sa noble joue une larme a coulé.
Mais bientôt, surmontant la douleur qui l'oppresse,
Il semble s'accuser d'un excès de faiblesse ;
Rappelant son orgueil, il lève sans effroi
Son front sévère, et dit : « O Rome ! tout pour toi. »

IV.

Sur un bloc de granit il s'assied en silence,
D'un œil fixe il paraît défier la souffrance,
Et des Carthaginois dédaigner le courroux.
Tout à coup du cachot gémissent les verroux,
Sur ses vieux gonds rouillés tourne la lourde porte,
Un geôlier, d'un air brusque, entre et jure ; il apporte,
Il jette d'un pain noir quelque ignoble lambeau
Près du vase d'argile où croupit un peu d'eau.

V.

Bientôt paraît Phlégon ; son regard étincelle....
Une verge sanglante arme sa main cruelle....

Deux licteurs l'ont suivi, dociles instruments.
Sa voix de Régulus doit dicter les tourments.
Ce Numide fougueux reçut de la nature
Des muscles prononcés, une haute stature ;
On le vit au désert, sans invoquer d'appui,
Combattre des lions moins féroces que lui.
D'un poil fauve et crépu sa tempe est ombragée,
Toujours sa lèvre épaisse est d'écume chargée,
Dans son œil creux reluit un regard menaçant,
Sa voix rauque est le cri d'un tigre rugissant.

« Dépouillez ce Romain, qu'il subisse sa peine,
Dit-il grinçant les dents ; de notre juste haine
Qu'il sente tout le poids ! Frappez ! vengez l'État !
Surtout point de pitié ! c'est l'ordre du sénat. »

VI.

Déjà les deux licteurs, d'une main sanguinaire,
Lèvent sur le héros leur verge mercenaire ;
Xantippe, tout à coup se montrant aux bourreaux,
De sa voix redoutable ébranle les cachots.
« Que vois-je ? cria-t-il, quelle ardeur sacrilége !
Respectez ce captif, Xantippe le protége !

C'est par tout votre sang que vous me répondrez
D'une goutte du sien qu'ici vous répandrez.
Sortez, lâches ! » Phlégon, pâle et gonflé de rage,
Frémit au seul aspect du sauveur de Carthage ;
Malgré la soif de sang dont il est dévoré,
Il se trouble et s'enfuit d'un pied mal assuré.

VII.

« Xantippe, écoutez-moi, dit l'illustre victime,
Votre appui généreux a conquis mon estime ;
Toutefois, à regret, je vois votre grand cœur
Des bourreaux de Carthage arrêter la fureur.
Moi, craindre de souffrir ! gardez-vous de le croire !
Régulus est Romain, ses tourments font sa gloire.
Si je fus abattu dans le champ des combats,
Ici je me relève, on ne m'y vaincra pas.
Les yeux sur l'avenir, je bénis ma souffrance ;
Mes chaînes sont mon bien, la mort mon espérance.
Que je meure honoré de tout le genre humain,
Digne encor de moi-même et du peuple romain !... »
— Régulus, vous vivrez ; par les dieux que j'atteste !
Vous vivrez. Quand je plains votre destin funeste,
Ici je ne viens pas insulter au malheur,

Et montrer à vos yeux une fausse douleur.

On disait que Carthage, en sa haine implacable,

Aggravait chaque jour le sort qui vous accable,

J'ai voulu de ces bruits m'assurer par mes yeux,

J'ai vu, j'ai frissonné... Quel spectacle! grands dieux!

De la verge un héros subir le vil supplice !

De tant de crautés je ne suis point complice.

Moi, Xantippe, approuver un si lâche attentat !

Il y va de ma gloire, et je cours au sénat. »

LA PLAINTE.

FRAGMENT

Du poëme de RÉGULUS.

I.

Xantippe est tout ému ; pour la noble victime
Il a laissé couler une larme sublime ;
Et bientôt s'adressant aux hommes du pouvoir,
Il remplit en ces mots un auguste devoir :

« Frappé d'étonnement et le trouble dans l'âme,
Je viens vous dévoiler un traitement infâme
Qu'endure le héros dans vos fers retenu,
Crime qui du sénat est sans doute inconnu.
C'est peu que ce guerrier, trahi par la fortune,
Éprouve des vaincus la disgrâce commune :

Faut-il que, dans sa chaîne au supplice livré,
Par la verge brutale il meure déchiré?
C'est un lâche forfait qu'ici je vous dénonce.
Mes yeux, mes yeux ont vu ce que ma bouche annonce.
De cet affreux tableau je reste consterné.
Quel traitement! Sénat, l'avez-vous ordonné?

II.

« — Oui, répondit Bostar ; une juste vengeance
A Carthage irritée interdit la clémence.
Phlégon, en flagellant le plus fier des Romains,
Ne fait qu'exécuter nos ordres souverains.

« — O ciel! qu'ai-je entendu? suffètes de Carthage,
Vous commandez le crime! Est-ce là le partage
Qu'en vos murs on réserve à l'illustre guerrier
Qui marcha si longtemps à l'ombre du laurier,
Fut couronné cent fois des mains de la victoire,
Fut jeté dans vos fers du faîte de la gloire,
Coupable seulement envers ses ennemis
D'un revers qu'à vos dieux ma voix avait promis?
Eh bien! si désormais la haineuse Carthage
Ne sait plus pardonner le malheur au courage,
Si, chez vous, un héros à la verge livré,

Doit être dans vos fers lâchement torturé,
Loin de moi, sénateurs, cette rage funeste !
Contre tant de fureurs hautement je proteste.
Frapper un prisonnier ! c'est un assassinat !
Je repousse ma part de ce vil attentat.
Mais vous y penserez, et mon cœur se rassure. »

III.

A ce noble discours succède un long murmure.
« Xantippe ! dit Bostar, en élevant la voix ;
Xantippe ! nous rendons hommage à vos exploits.
Si contre Rome, un jour, nous devions nous défendre,
Vos conseils ont leur prix, nous pourrions les entendre.
Votre exemple appuirait vos conseils généreux,
Et pour nous pourraient luire encor des jours heureux ;
Mais gardez pour les camps vos transports magnanimes.
Les travaux de la paix suivent d'autres maximes.
Carthage à vos avis ne peut s'abandonner.
A vous il sied de vaincre, à nous de gouverner.
Sparte peut de Xantippe admirer la sagesse ;
On reconnaît vos lois sous le ciel de la Grèce ;
Mais songez que vos droits sont les nôtres aussi.
Vous êtes roi de Sparte, et nous régnons ici.

Seule à régler l'État notre main se hasarde.

Ne vous occupez plus d'un soin qui nous regarde ;

Respectez du sénat l'auguste autorité,

Et n'entreprenez rien sur notre liberté.

Régulus menaçant tentait votre courage ;

Mais Régulus captif appartient à Carthage ;

C'est dans nos seuls décrets que repose son sort,

C'est à nous d'ordonner ou sa vie ou sa mort.

IV.

« — Sa mort ! Il la cherchait au milieu des batailles,

Il trouve la torture au sein de vos murailles !

De vos projets de sang mon cœur est révolté ;

Je ne saurais souscrire à tant de cruauté !

Aux yeux du monde entier souillerai-je ma gloire ?

Quel opprobre suivrait l'abus de ma victoire !

Mon pied ne foule point un ennemi vaincu,

Et ma haine au combat n'a jamais survécu.

Vous m'opposez vos lois et leur sanglant caprice

Compterez-vous pour rien celles de la justice ?

Aux pieds foulerez-vous l'honneur, l'humanité,

Le respect du courage et de l'adversité ?

Sénateurs ! des excès d'une rage ennemie,

Xantippe ne veut point partager l'infamie.

Il ne sera point dit que mes coupables mains

Aux tourments ont livré le plus grand des humains ;

Oui, le plus grand : de l'aigle il eut le vol sublime.

Il tomba, mais des cieux, et l'univers l'estime.

Brisé par la douleur, s'il périt sous vos coups,

S'il périt, tout son sang retombera sur vous.

Le monde entier saura votre injustice extrême ;

Vous en verrez frémir votre peuple lui-même.

Je dévoilerai tout.... Déjà dans Régulus

Il admire un héros qu'il ne redoute plus ;

Déjà du sein du peuple un murmure s'élève ;

Déjà pour le malheur sa pitié se soulève.

Prenez garde ! Son bras repoussant vos bourreaux,

Un jour pourrait briser les chaînes d'un héros.

S'il veut, dès ce moment, délivrer la victime,

Qu'il marche ! il n'aura point à me punir d'un crime ;

Il saura mon horreur pour vos cruels desseins,

Et ne me mettra pas au rang des assassins.

De vos lâches rigueurs si Rome un jour s'offense,

Et s'indigne, et se lève, et demande vengeance,

Je vous livre à vos jours de remords et d'effroi :

Quels que soient vos périls, ne comptez plus sur moi. »

Il dit et sort, les yeux enflammés de colère.

D'un langage hardi quel sera le salaire ?

V.

« Quoi ! dit Bostar, de nous que veut cet étranger?
S'il a sauvé Carthage, est-ce pour l'outrager?
A quel titre vient-il, d'une voix importune,
De l'ennemi vaincu déplorer l'infortune?
Est-il traître? sert-il la cause des Romains?
Ou veut-il attirer le pouvoir dans ses mains,
Et d'une faction, dans son orgueil extrême,
S'aider pour envahir l'autorité suprême?
Notre reconnaissance a vanté ses exploits :
Est-ce un titre à ses yeux pour nous dicter des lois?
Nous avons tous juré de n'avoir point de maître;
A Xantippe malheur, si Xantippe veut l'être !
Lui seul, s'il faut l'en croire, il nous a sauvés tous;
Son bras seul des Romains a repoussé les coups;
Sans lui, les Africains n'avaient plus de patrie !
Notre antique valeur sera-t-elle flétrie?
La gloire de l'État, voilà notre désir.
Dans ce dédale affreux quelle route choisir?

VI.

« Un grand péril réclame un accord salutaire.
Au fond de mon palais, ce soir, dans le mystère,

Le suprême Conseil viendra : je parlerai.

Je nourris un projet que je dévoilerai.

Nous ne formons qu'un vœu · le salut de Carthage.

Ensemble nous prendrons le parti le plus sage.

Ce Xantippe a jeté le trouble en ma maison [1],

La colère pourrait égarer ma raison :

A mon ressentiment j'imposerai silence.

C'est l'État dont il faut assurer la vengeance ;

Guerre à ses ennemis ! Écrasons sans pitié

Quiconque des Romains recherche l'amitié !

VII.

« Le nom de Régulus fatigue mon oreille.

Attendrons-nous qu'ici la Discorde s'éveille

A ce nom que l'on ose invoquer aujourd'hui,

Et qui des factieux peut devenir l'appui ?

Nos dieux veulent du sang peut-être.... Je m'arrête ;

Vienne la nuit ! » Ainsi s'exprima le suffète.

L'assemblée approuva ce sinistre discours.

Que de haine enfermée en ces murmures sourds

Qui des plus noirs projets sont les funestes gages !

Tels bruissent les vents précurseurs des orages.

[1] La fille de Bostar était éprise de Xantippe.

LA MORT DE HENRI IV [1].

I.

Un Attila, couvert du sang de ses victimes,
Descend dans le tombeau sans expier ses crimes,
Et, par la perfidie au trépas condamné,
Le meilleur de nos rois périt assassiné !
Je dirai le forfait du farouche séide
Qui leva sur son prince une main parricide ;
Je mettrai sous les yeux du Français éploré
Le linceul tout sanglant d'un monarque adoré.

---

[1] Ce poëme, dont la première édition a paru en 1823, avait été pris au commencement et à la fin du poëme en dix chants que j'ai publié l'année suivante, sous le même titre. Ces deux ouvrages n'ont été mis en vente chez aucun libraire.

O Muse ! d'un long crêpe il faut voiler tes charmes.
Ne chante plus, gémis ; la tombe veut des larmes.
De la France, le monde a connu les douleurs,
Et jusque sous le chaume on verse encor des pleurs.

Sous les lois de Henri la France fortunée,
Aux regards attentifs de l'Europe étonnée,
Par degrés déployant sa force et sa splendeur,
Marquait son avenir du sceau de la grandeur.
L'or naissait sous les pas de l'active industrie.
A la voix de Bourbon, voix auguste et chérie,
Les beaux-arts, à l'envi, signalaient leur réveil.
Telle renaît la fleur au retour du soleil.
Tout semblait présager à notre belle France
Des jours resplendissants de gloire et d'opulence.
Dans les cités rentrait l'antique bonne foi.
Les hameaux consolés bénissaient le bon roi.
Tout l'admirait. Que dis-je? On voit le sombre Ibère
Tourner sur nos lauriers des regards de colère.
Il voudrait, n'écoutant qu'un délire infernal,
Renverser les Français de leur char triomphal.
Notre bonheur l'offense. Il prétend, dans nos villes,
Rallumer le flambeau des discordes civiles.
Du fanatisme impur invoquant le pouvoir,
D'une Ligue implacable il ranime l'espoir.

De Condé, de d'Entrague il attise la haine.

Il souffle ses poisons dans le cœur de la reine.

Il sème dans les cours l'intrigue, les soupçons.

La Révolte, en secret, sourit à ses leçons.

Il brûle d'assouvir sa rage criminelle ;

Mais sa main, le couvrant d'une honte éternelle,

S'il n'ose, de la guerre, arborer l'étendard,

Contre un noble vainqueur aiguise le poignard.

II.

Le soleil, achevant sa brillante carrière,

Versait sur l'horizon des torrents de lumière.

L'air restait embrasé ; mais les cieux étaient purs.

Paris voyait la joie éclater dans ses murs.

En triomphe bientôt il recevra sa reine [1].

Le peuple, répandu sur les bords de la Seine,

Contemplait les travaux par le prince ordonnés.

Ces portiques brillants de mille fleurs ornés,

Ces marbres qu'embellit la riante verdure,

Ces magiques berceaux, rivaux de la nature,

Ces temples, ces palais, prodiges gracieux ;

[1] La reine, couronnée à Saint-Denis le 13 mai 1610, devait faire son entrée triomphante à Paris le 15. Henri IV fut assassiné le 14.

Tout flatte, tout séduit et son cœur et ses yeux.
Le lendemain la pompe étale sa merveille.
De cette fête auguste on jouit dès la veille.
Le peuple, regardant le ciel avec amour,
Comptait, ivre d'espoir, sur la fin d'un beau jour ;
Hélas ! il ignorait que l'ange des ténèbres,
Allait cacher ce jour sous des voiles funèbres.

Sur ses pas le monarque entraîne d'Épernon.
Ce seigneur, qu'en secret poursuit plus d'un soupçon,
Dès longtemps à son maître inspire peu d'estime ;
Mais, des conspirateurs s'il partage le crime,
Tout vestige imprudent en demeure effacé.
En l'accusant sans preuve on l'aurait offensé.
Le roi veut à Rosni confier tout son doute.
Bientôt de l'arsenal il va prendre la route.
Quelques grands, dont l'Europe admira la valeur,
D'accompagner leur prince ont obtenu l'honneur.

III.

L'ordre est donné ; le char est aux portes du Louvre.
De nuages sanglants soudain le ciel se couvre.
L'air, naguère si pur, d'une immonde vapeur
Se charge, et l'aquilon mugit avec fureur.

Derrière un voile épais le soleil se retire.
Du jour encor présent l'ombre usurpe l'empire.
On dirait que le ciel, justement irrité,
Au forfait qu'il prévoit refuse sa clarté.
L'éclair brille ; trois fois a grondé le tonnerre,
Et trois fois sur son axe a chancelé la terre.

« Sire, ont dit Mirebeau, Liancourt, Lavardin,
Remettez prudemment ce voyage à demain !
— A demain ! répétaient La Force et Roquelaure.
L'orage peut gronder plus menaçant encore ;
Sa colère s'amasse au fond de l'horizon.
— Pourquoi s'en effrayer ? poursuivit d'Épernon ;
Voit-on déjà la mort planer sur notre tête ?
Ce n'est point vers ces lieux que marche la tempête.
Ce tonnerre lointain n'est point à redouter ;
Doit-il un seul instant, Sire, vous arrêter ?
Votre audace affrontait le démon des batailles ;
Les plus fiers escadrons, les plus fortes murailles
Ne pouvaient retarder vos triomphes divers,
Et vous reculeriez devant quelques éclairs !
— Non ! le trouble des cieux n'a rien qui m'intimide,
A répondu le roi d'un visage intrépide ;
Le tonnerre à mes pieds tomberait en éclats,
Que devant ses carreaux je ne tremblerais pas.

C'est au crime à trembler... Il est un autre orage

Qui, plus terrible encor, n'abat point mon courage.

C'est à la cour qu'il gronde. Un funeste poison

Au désordre a poussé jusques à ma maison.

L'Espagne, fomentant de funestes querelles,

Semble avoir corrompu les cœurs les plus fidèles.

Des grands, dont mes bienfaits ont mérité la foi,

N'ont pas craint de jurer la perte de leur roi !

Ils l'ont jurée en vain ; mais, s'il faut que je meure,

Henri, sans s'étonner, verra sa dernière heure.

Cette heure, m'écrit-on, doit sonner aujourd'hui.

O France ! en me perdant tu perdrais ton appui ;

Toujours prêt, pour ta gloire, aux plus grands sacrifices,

De ta félicité ton roi fait ses délices.

Au monde je prétends le prouver quelque jour.

De mes moindres sujets je veux gagner l'amour.

A l'humble villageois dont je plains la détresse,

Je veux rendre des jours d'aisance et d'allégresse.

Dans des chants de bonheur mon nom retentira,

Et du faible orphelin la voix me bénira.

Mais je forme peut-être une vaine espérance.

On connaît mes projets pour le bien de la France.

Si j'eus des torts, je veux les faire pardonner ;

On le sait, et pourtant on veut m'assassiner !...

Mais la France apprendra si je vivais pour elle. »

IV.

Il disait : on accourt. Un messager fidèle
Lui présente l'avis dans ces mots contenu :

« Sire, au lit de douleur, loin de vous retenu,
Sully ne peut voler auprès de son monarque
Lui donner de son zèle une éclatante marque ;
Toutefois, sans retard, il doit vous signaler
Des forfaits que bientôt il saura dévoiler.
Sire, je tiens le fil de complots exécrables.
Ma voix dira le crime en face des coupables ;
Tout déclarer ici serait hors de saison :
Mais craignez Cardénas, surveillez d'Épernon[1] ! »

Le duc, maître de soi, répond froidement . « Sire,
Voilà des fictions d'un malade en délire. »
Henri, le cœur ému, s'écrie : A L'ARSENAL!
Et ce cri, du départ a donné le signal.

[1] Cardénas était ambassadeur de Philippe III, roi d'Espagne.

V.

On est sorti du Louvre. Une foule empressée,
Par des chants d'allégresse exprime sa pensée.
Des citoyens nombreux, pour gage de leur foi,
Font retentir au loin ce vœu : VIVE LE ROI !
Un monstre, à ces transports qui causent son supplice,
Pâle, grinçant les dents, murmure : QU'IL PÉRISSE !
Son regard dévorant, qui ne peut le tromper,
Déjà marque la place où sa main doit frapper.
Sous un épais sourcil son œil cave étincelle.
C'est Ravaillac !... Il suit le char d'un pas fidèle ;
Il guette le moment de son lâche attentat,
Et déjà sa pensée est un assassinat.

Le prince à tous les yeux se montre avec noblesse.
Le char, fier d'un tel maître, avance et fend la presse.
Observant mal leurs rangs, des gardes peu soigneux
Laissent un peuple ami se glisser autour d'eux.
A cet aspect, le monstre a tressailli de joie.
Ravaillac, par degrés, approche de sa proie,
Et son zèle assassin prend un nouvel essor.
Arrête ! misérable, il en est temps encor ;

Songe au prince immortel choisi pour ta victime,
A l'abîme de maux que va creuser ton crime,
Aux larmes des Français, au deuil du monde entier!
Brise encore une fois ton parricide acier[1]!

Le char, parmi les flots d'une foule joyeuse,
Roulait; mais en suivant sa marche glorieuse,
Dans une rue étroite il devra s'engager.
Roi malheureux! c'est là que t'attend le danger.
L'Espagne a dit : « Devant ce redoutable émule,
Il faut planter ici les colonnes d'Hercule;
Aujourd'hui, devant nous, Henri va reculer,
Ou plutôt c'est ici que son sang doit couler. »
De l'Europe, à ces mots, les entrailles frémissent.
Jusqu'au delà des mers bientôt ils retentissent,
O Henri! les méchants sont maîtres de ton sort,
Et déjà vingt courriers ont annoncé ta mort.

VI.

Quelle est cette beauté qui, pâle et languissante,
Adresse à Ravaillac une voix gémissante?

---

[1] Il avait brisé son poignard à Étampes, puis il l'avait aiguisé de nouveau.

« Renonce, lui dit-elle, à ton cruel dessein !

Rejette loin de toi ce poignard assassin !

Écoute Élisabeth ! Tu vois l'infortunée[1]

Qui t'adorait. Ingrat ! tu l'as abandonnée,

Et bientôt de ses jours s'éteignit le flambeau.

Hélas ! je ne viens point, m'élançant du tombeau,

Te reprocher le sort dont je fus la victime,

Mais retenir tes pas sur la route du crime.

Tu crois servir ton Dieu, toi qui vas l'outrager !

A-t-il chargé ta main du soin de le venger ?

Comme lui, sois clément ! le vrai chrétien pardonne.

De la Religion la douce voix l'ordonne,

Et ton Élisabeth ne peut qu'avec effroi

Voir ton glaive levé sur le sein de ton roi !

Quel prix recevras-tu de tant de barbarie ?

Ton sang, ton propre sang vengera ta patrie… »

A ces mots, de ses yeux des larmes ont coulé.

Religion, c'est toi dont la voix a parlé.

C'est toi qui, revêtant la plus touchante image,

As pris d'Élisabeth les traits et le langage.

C'est toi qui, pour calmer de coupables transports,

Voila ton chaste front de la cendre des morts.

---

[1] Élisabeth, Léon et Cardénas figurent dans les chants inédits de ce poëme.

VII.

Soudain, pour ranimer son pieux héroïsme,
Auprès de Ravaillac accourt le Fanatisme.
Il veut, dans ce grand jour propice à son dessein,
D'un feu plus dévorant embraser l'assassin.
Sous des dehors sacrés il se plaît à paraître.
Il prend ceux de Léon. « Ravaillac, dit le traître,
Quel noble champ de gloire est ouvert devant toi !
Le voici le moment de signaler ta foi.
Mais quel effroi subit te saisit à ma vue ?
Pourquoi cette pâleur sur ton front répandue ?
N'es-tu donc plus chrétien ? tu sembles balancer !
Donne-moi ton poignard ! je saurai le pousser.
C'est moi qui sur l'impie obtiendrai la victoire.
Mais non ; tu ne veux point me céder tant de gloire.
Tu ne veux point qu'un autre usurpe, sous tes yeux,
Ce trône de saphir que t'ont promis les cieux.
Poursuis ! que, par ton bras, l'Église délivrée
Recouvre son empire et sa splendeur sacrée !
Il luit enfin le jour auguste et solennel
Où tu vas partager la palme de Châtel.
Tout ce peuple, témoin de ton pieux courage,

Va semer, en chantant, des fleurs sur ton passage.

Par le monde chrétien saintement répété,

Ton nom retentira dans la postérité.

Sur toi veillent les cieux ; marche avec confiance !

Modère toutefois ta juste impatience.

Encore quelques pas, tes coups seront plus sûrs. »

VIII.

Le prince aborde enfin des passages obscurs.

Un obstacle perfide aussitôt se présente.

Le peuple s'accumule, et l'embarras augmente ;

Des gardes négligents, par la foule pressés,

Laissent rompre leur ligne, et marchent dispersés.

Le char du roi s'arrête. O funeste spectacle !

Ravaillac à ses vœux ne trouve plus d'obstacle ;

Sur la roue il s'élance, et, plus prompt que l'éclair

Ou la flèche qui fuit dans les plaines de l'air,

Il fond sur le monarque, il frappe, et se retire.

Il a frappé deux fois : déjà le prince expire ;

Sa tête s'est penchée, et le sang de Bourbon,

Ce sang pur et sacré jaillit sur d'Épernon.

Le peuple pousse un cri de douleur et de rage.

Le meurtrier, gardant un féroce courage,

Du peuple loin de fuir le courroux mérité,
Demeure et tient encor son fer ensanglanté.

Ravaillac sans pâlir attend le coup funeste.
Il a vengé son culte, il méprise le reste.
Il jouit, il triomphe. O rage des partis,
Quel est donc ton pouvoir sur les cœurs pervertis?
Quoi! tout couvert du sang d'un prince magnanime,
Se complaire en sa honte et sourire à son crime!
« Frappez! dit Ravaillac au peuple furieux,
Frappez! de ma vertu le prix est dans les cieux.
Je mourrai pour revivre, et ma gloire s'apprête;
J'ai rempli mes serments, disposez de ma tête! »

Il dit, et d'Épernon, volant à son secours,
Commande aux assaillants de respecter ses jours.

O d'Épernon! réponds à la voix qui t'accuse!
Abaisse devant nous cet orgueil qui t'abuse!
Ta patrie est ton juge, avance, et défends-toi!
Apprends-nous qu'en sauvant l'assassin de ton roi,
Tu ne remplissais point la secrète promesse
De l'arracher plus tard à la loi vengeresse!
Apprends-nous si ton zèle a veillé sur les jours
D'un roi dont le péril réclamait ton secours!

18

Innocent, sur ta vie appelle la lumière !
Coupable, tiens ton front caché dans la poussière !
Coupable ! un cœur français ne peut que t'abhorrer.
J'aperçois ta victime, ah ! laisse-moi pleurer !

IX.

Au Louvre, déjà plein des bruits les plus funestes,
Du prince on reconduit les déplorables restes.
Ce peuple, qui naguère en ses transports joyeux,
Poussait des cris d'amour qui montaient jusqu'aux cieux,
Suit maintenant le char dans un morne silence.
Sa muette pâleur exprime sa souffrance.
Bientôt de longs soupirs, des plaintes, des sanglots,
Parfois troublent des airs le lugubre repos.

X.

Après le coup fatal, la voiture fermée
Cacha le corps sanglant à la foule alarmée.
Un faible espoir encor régnait au fond des cœurs.
On arrive. Le char enfin s'ouvre... O douleurs !
La vérité cruelle au peuple se découvre.
C'est alors qu'un long cri fait retentir le Louvre.

L'un se meurtrit le front, s'arrache les cheveux,
Et s'éloigne à grands pas dans un délire affreux ;
L'autre, comme frappé d'une foudre imprévue,
Tombe mort au milieu de la foule éperdue.
Ceux-ci, marquant leurs vœux par d'horribles serments,
L'œil tourné vers la cour poussent des hurlements,
Et ceux-là, s'embrassant dans leur douleur amère :
« C'en est fait, disaient-ils, nous n'avons plus de père !
Infortunés, laissons des regrets superflus !
Mourons, mourons aussi, notre bon roi n'est plus ! »

Il semble qu'avec lui la France entière expire.
Le deuil étend son crêpe et couvre tout l'empire.
Le laboureur, quittant le sillon commencé,
Accourt sur les chemins, et, de terreur glacé,
S'informe, tout tremblant, de l'affreuse nouvelle
Dont on lui fit déjà le récit trop fidèle.
Puis, rentré sous le chaume, à ses enfants émus,
« Pleurons, dit-il, pleurons, notre bon roi n'est plus ! »

XI.

Du crime on sait au loin que Henri fut la proie.
Dans Milan Fuentès laisse éclater sa joie ;

Mais l'union chancelle, et le Nord s'est troublé.
L'Europe pleure un roi lâchement immolé!

Dans les yeux de Marie on a vu peu de larmes.
Le pouvoir la console; un sceptre a tant de charmes!
Mais tandis qu'à la cour, de coupables Français,
Par des chants clandestins célèbrent leurs succès[1],
Au temple, où de Henri brille l'auguste image,
Le peuple accourt lui rendre un noble et tendre hommage.
Il ne se lasse point de contempler les traits,
Qu'un art consolateur offrit à ses regrets.
Pourrait-il en donner une trop vive marque?
A la tombe des rois on porta le monarque,
Et les gémissements d'un véritable deuil
Jusque dans Saint-Denis suivirent le cercueil.

XII.

Au temple s'achevait la pompe funéraire.
Un bruit sourd est sorti du fond du sanctuaire.
On écoute, on regarde, et le peuple attentif,
Plein d'un secret effroi, suspend son chant plaintif.

[1] Voyez les Mémoires de Sully.

Qui s'avance à pas lents sous ces voûtes funèbres?
Est-ce un spectre échappé du séjour des ténèbres?
Le front pâle, l'œil sombre, et les membres meurtris,
D'une chaîne sanglante il traîne les débris.
Tous les cœurs sont émus, et la foule étonnée
Pense de Coligny voir l'ombre infortunée.
Soulevant d'une main le funeste linceul :
« France, dit le vieillard, pour toi quel jour de deuil !
Le voilà ce héros, si cher à ta mémoire,
Qui fit de ton bonheur son étude et sa gloire !
Pour toi plus de lauriers. Dans le champ des combats,
Désormais de tes fils qui conduira les pas?
La Ligue a renoué ses trames criminelles.
N'attends de ce volcan que des flammes nouvelles.
De tes malheurs passés gardant le souvenir,
Assure ton repos, sauve ton avenir !
Est-ce assez de pleurer? Le chant des funérailles
Doit servir de prélude à l'hymne des batailles.
Peux-tu voir sans frémir ce front pâle et glacé,
Ce cœur qui t'a chérie et qu'un monstre a percé?
Contre les factions Henri fut ton égide ;
Sa prudence enchaînait la Discorde homicide.
Il n'est plus ! que de maux prêts à fondre sur toi !
France, quel protecteur tu perds dans ce bon roi !
Hélas ! premier témoin de son ardeur guerrière,

Il ne reste à mes pleurs que sa noble poussière.
Sous le fer des méchants mon sang avait coulé.
C'était peu ; leur monarque est par eux immolé !
France, il est temps de suivre un courroux légitime.
Hâte-toi de venger cette auguste victime !
Hâte-toi de punir l'odieux meurtrier
Qui plongea dans son cœur un parricide acier. »

A ces mots, le vieillard fait briller une épée
Qui d'un sang oppresseur autrefois fut trempée,
Et le peuple, enflammé du plus juste transport,
Fait retentir ce cri : RAVAILLAC A LA MORT !

L'ORATORIEN ET LE VOLEUR.

CONTE.

————————

I.

Deux monarques se font la guerre,
  Et l'un des deux reste vainqueur;
  C'est un héros pour le vulgaire,
Bientôt le monde entier célèbre sa valeur.
A la force brutale il doit sa renommée.
Son meilleur argument fut sa puissante armée.
A son ordre absolu qui peut répondre non ?
Dans sa puissance il dit à la terre opprimée :
« Obéis ! j'ai pour moi le glaive et le canon... »
Plus d'un peuple asservi l'encense, le déteste,
  Et le déteste avec raison.
Mais détournons nos yeux d'un spectacle funeste;

Jusqu'au ton solennel gardons-nous de monter !
Pour preuve que la force est au-dessus du reste,
 C'est une anecdote modeste
Qu'ici tout bonnement je vais vous raconter.

II.

Dans le creux d'un vallon arrosé par la Loire,
Un jour, au coin d'un bois, au milieu de l'hiver,
 Un gueux, presque nu comme un ver,
S'approcha de Rémond, père de l'Oratoire.
Ce père, aux vents du Nord ligués contre sa peau,
Se cachait dans les plis d'un excellent manteau.
« Ceci contre le froid me semble fort commode,
 En l'arrêtant lui dit le gueux.
Vous portez ce manteau depuis longtemps ; je veux
Le porter à mon tour, qu'il soit ou non de mode.
— Quoi ! vous me le volez ! — Point du tout ; je le prends.
 — Oh ! le plus effronté des drôles !
 Vil coquin ! — Trêve de paroles !
- Vous volez ! - Non, j'emprunte. En ce bois, dans dix ans,
Je rendrai. — C'est un vol. Voler ! quelle infamie !
— Non, brave homme, ce n'est qu'une plaisanterie
A laquelle me force ici le mauvais temps.

Oui, contre la bise ennemie
      Et les aquilons pénétrants,
Il me faut ce manteau. Revenez, je vous prie,
Dans dix ans, et, s'il peut encor vous faire envie,
      Foi de voleur! je vous le rends. »

III.

Rémond l'a menacé de la flamme éternelle...
Le brigand lui répond par un rire moqueur,
Puis d'un air effrayant fait rouler sa prunelle.
      Le pauvre oratorien a peur,
Et, laissant de côté la phrase solennelle,
      Il a recours à la douceur.

« Écoutez, lui dit-il d'une voix paternelle,
      Écoutez, monsieur le voleur!
D'un remords je vous veux épargner la douleur;
      Ce manteau, je vous l'abandonne;
      Gardez-le. — Je le garde aussi.
      — Il est à vous, je vous le donne.
      — Belle grâce! — J'ai l'âme bonne,
Vous le voyez. — Je vois qu'il en doit être ainsi.
      — Allez, et que Dieu vous pardonne!

— Oh! c'est là mon moindre souci.

— Je prîrai pour vous. — Grand merci!

Eh, morbleu! que me fait à moi le ciel qui tonne?

Rien; c'est le grand-prévôt que je redoute ici.

Révérend père, bon voyage!

Dans dix ans nous nous reverrons.

Si vous avez à neuf remis votre bagage,

En amis nous échangerons. »

IV.

A ces mots, le brigand d'un pas leste détale,

Affublé du manteau dont il bénit l'ampleur.

En grelottant, Rémond disait avec humeur :

« Oh! quelle bise glaciale!

Que cent diables d'enfer emportent le voleur! »

Plus d'un triste penser l'assiége.

Mais qu'aperçoit-il sur la neige?

Un pistolet qu'apparemment

A laissé notre garnement.

Il le prend, l'examine, et puis, d'une voix forte,

Il crie au voleur indigent :

« Si vous avez besoin d'argent,

Revenez, je vous en apporte. »

Le voleur d'accourir à cette annonce-là.
Il s'avance gaîment en disant : « Me voilà ! »
A palper les écus sa main est toute prête.

V.

« Halte-là ! satané fripon !
Dit Rémond d'une voix pareille à la tempête,
Et lui montrant le bout d'un pistolet d'arçon.
— Mon arme? quel oubli ! maugrebleu! suis-je bête !
Grommela le voleur en se mordant les doigts.
— C'est à moi maintenant à te dicter des lois ;
Vite! à bas mon manteau! sinon, sans plus d'enquête,
      Brigand, je te casse la tête,
      — Oh! prenez garde ! il est chargé
Jusqu'à la gueule...—Bon! j'en serai mieux vengé.
      Mon manteau! — Ce n'est plus le vôtre ;
      Ne me l'avez-vous pas donné?
Vouloir me le reprendre est un vol comme un autre :
Or, vous le savez bien, tout voleur est damné.
— Ne vas-tu pas ici faire le bon apôtre?
      — Je raisonne. — Assez raisonné.

— J'aurais cependant à répondre...

— Et voici de quoi te confondre...

Que ce débat soit terminé.

Mon manteau!—Le voilà.—Maintenant je te chasse.

Pars! ou l'effet bientôt va suivre la menace.

—Mais...—Point de mais!—Un mot, un seul mot, s'il vous pl:

J'ai rendu le manteau; rendez le pistolet!

C'est mon gagne-pain, ma fortune.

Mon pistolet, de grâce! et je pars sans rancune.

Encor, si j'avais un stylet,

Je pourrais rôder vers la brune

Ou la nuit, au clair de la lune;

Mais rien! je ne sais plus ce que je deviendrai.

— Travaille!—Moi? je suis trop fainéant, et d'une!

Et puis, quelle industrie? ai-je besoin d'aucune?

Voler est plus commode, et je continûrai.

— Va-t'en! délivre-moi de ta face importune!

— Mon pistolet! sinon de faim je crèverai.

— Crève! — Mon pistolet! et je vous bénirai.

Pitié! — Point de pitié! va-t'en! sinon je tire...

— Ne tirez pas, de grâce! ou tout serait perdu.

— Je te brûle, te dis-je, as-tu bien entendu?

Je te brûle...—Je pars, et n'ai plus rien à dire. »

VI.

Le père suit de l'œil le gueux qui se retire
    Devant la crainte de la mort.
De la force tous deux ont reconnu l'empire.
En tous lieux, en tous temps, le faible eut toujours tort.
Hélas! que d'opprimés! des maux voici le pire :
La morale en nos cœurs a perdu son ressort;
Avec elle, en ce monde où règne le délire,
Ni voleurs, ni tyrans, ni crimes du plus fort.

Paris, 1835.

LA MORALE.

FRAGMENT INÉDIT

DES ADIEUX DE FÉNELON AU DUC DE BOURGOGNE.

1.

Si des rites pieux, des dogmes, des mystères
Nous montrent l'Éternel sous des formes austères,
Un bienfait mieux senti par tout le genre humain,
La morale immortelle , est un don de sa main.

Les sciences, les arts, les travaux du génie,
Semblent couvrir de fleurs la terre rajeunie ;
Mais qu'importe l'éclat de tant d'efforts heureux,
Si les hommes glacés ne s'aiment pas entre eux ?

C'est peu d'orner l'esprit, il faut aussi que l'âme

Du saint amour du bien sente la douce flamme ;
Que l'enfant, éloigné du souffle des méchants,
Soit formé de bonne heure aux vertueux penchants ;
Que, dès les premiers pas d'une longue carrière,
D'une morale pure il trouve la lumière ;
Parents, maîtres, amis, allumez ce flambeau
Qui, pour lui, doit briller jusqu'au seuil du tombeau.

II.

Justice et charité ! que ces noms resplendissent
Parmi ceux qui, le plus, à ses yeux le grandissent !
Aux moindres actions, comme aux moindres discours,
Que la bonté préside et préside toujours !
Les trésors du savoir, orgueilleux que nous sommes !
S'effacent, dépouillés du tendre amour des hommes.
Si de sages leçons au bien peuvent porter,
Par des cours solennels il faut les compléter.

Faites à la jeunesse enseigner ces maximes
Qui laissent dans les cœurs des empreintes sublimes,
Préceptes éternels que Dieu, du haut des cieux,
Rendit indépendants de tout dogme pieux.
Le divin Créateur, d'une main libérale,

Dans notre âme a gravé les lois de la morale,
Et c'est pour leur triomphe en ce vaste univers
Qu'il les donna pour base à cent cultes divers.
L'Évangile, éclairant les ténèbres du monde,
D'une morale pure est la source féconde ;
Elle dit aux chrétiens qu'elle vient ranimer :
« Votre premier devoir est de vous entr'aimer ! »

III.

Et qu'on ne craigne pas que sa voix salutaire
Puisse rester longtemps sans écho sur la terre.
Aux paroles du Christ, ce généreux soutien,
Dans le fond de son cœur chacun répond : C'est bien !

L'homme garde en son âme, ô privilége auguste !
Le sentiment profond du juste et de l'injuste.
Sa conscience est là, qui, ne flattant jamais,
A ses égarements ne laisse aucune paix ;
Il sent que tout son moi n'est point une humble argile
Rabaissée au niveau de la poussière vile ;
Que, sous le joug des sens, loin de vivre enchaîné,
A l'instinct de la brute il n'est point condamné.
Entre le bien qu'il aime et le mal qu'il redoute,

Libre dans sa pensée, il peut choisir sa route.
A lui vertus, talents, prodiges des beaux-arts,
A lui ces vastes cieux où plongent ses regards.

IV.

Sur le juste et le vrai la morale repose.
A son enseignement quel obstacle s'oppose?
N'est-il point parmi nous des principes sacrés
Que les lieux et les temps n'ont jamais altérés?
Il sera toujours beau de pardonner l'injure,
De détester le vol, le meurtre, le parjure,
La tyrannie, enfin tous les crimes affreux,
D'un monde corrompu partage désastreux.
Si l'on peut au désordre offrir une barrière,
Pourquoi laisser au mal une libre carrière,
Et ne pas réunir des préceptes épars,
Dès longtemps reconnus dignes de nos regards?
Un code salutaire ainsi pourrait éclore.

« Du bien la théorie est à fonder encore,
A-t-on dit; nous voyons donner aux mêmes faits
La couleur des vertus ou celle des forfaits ;
La morale, enfin, semble un oiseau de passage.
Un sage contredit souvent un autre sage,

Et nul n'ose affirmer lequel des deux a tort.
Douter est le seul point qui nous trouve d'accord. »

V.

Juste ciel ! rien n'est mal, rien n'est bien, répondrai-je !
Voyez ce fils levant un poignard sacrilége
Sur le sein du mortel dont il reçut le jour...
Doutez-vous s'il mérite ou la haine ou l'amour?
Voyez cet autre fils qui, pour sauver son père,
S'élance, et court braver la dent d'une panthère...
D'un dévoûment si beau la filiale ardeur
Du plus touchant émoi remplira votre cœur.

Deux magistrats sont là : l'un, de tous le modèle,
Toujours à l'équité marche d'un pas fidèle ;
L'autre vend ses arrêts, et foule aux pieds les lois ;
Lequel à notre hommage acquit de nobles droits ?
Puis-je le demander? ce serait une injure...

Un élu doit remplir son mandat, il le jure ;
Un souffle impur éteint cette flamme d'un jour.
Le peuple qu'il trompa lui doit-il son amour?

Voici deux généraux : l'un trahit sa patrie,

L'autre reçoit la mort pour sa cause chérie ;
Quel cœur droit n'aura pas aussitôt déclaré
Lequel est en horreur et lequel admiré ?

Sous le fer d'un brigand, dans des routes obscures,
Un passant est tombé tout couvert de blessures ;
Vient un Samaritain qui, touché de son sort,
Le panse, le relève, et l'arrache à la mort.
Envers ce malheureux, à cette heure fatale,
Lequel a pratiqué les lois de la morale ?
Est-ce donc le voleur ou le Samaritain ?
Quel cœur honnête ici peut flotter incertain ?

Néron se baigne au sang de Rome et de sa mère ;
Louis Douze du peuple est proclamé le père ;
Qui soudain ne les nomme, en assignant leurs rangs,
L'un type des bons rois, et l'autre des tyrans ?

Qu'on ne dise donc plus, téméraire sceptique :
« Le sentiment du bien reste problématique ! »
Au monde ne fût-il que quatre vérités,
Il faudrait à longs flots répandre leurs clartés.

Paris, 1842.

MARC-AURÈLE.

HISTOIRE ROMAINE.

FRAGMENT INÉDIT

DES ADIEUX DE FÉNELON AU DUC DE BOURGOGNE.

Prince, trop de tyrans ont opprimé la terre ;
Leur exemple est affreux. Mais, s'il eut ses Tibère,
Le trône eut ses Titus, et, sous d'excellents rois,
On a vu les humains respirer quelquefois.
Ah ! surtout imitez le sage Marc-Aurèle ;
Il fut des plus grands roi le plus parfait modèle ;
Il aima la justice, il craignit les flatteurs,
Il ferma son oreille au cri des délateurs,
Et, ne cédant jamais à de sanglants caprices,
Il fit de pardonner ses plus chères délices.

Ce prince, de l'erreur redoutant le poison,

Au trône à ses côtés fit asseoir la raison ;
Il consacra ses jours à la philosophie.
Dieu ! quels nobles succès ont honoré sa vie !
On le voyait, terrible au milieu des combats,
Punir des agresseurs et venger ses États ;
Puis, aux pieds de ses dieux déposant son tonnerre,
C'est la plume à la main qu'il gouvernait la terre.

De sages entouré, ce prince généreux
Rendait les citoyens meilleurs et plus heureux ;
La faveur ne fut plus le prix de la bassesse,
Et l'intrigue perdit sa tortueuse adresse.
Découvert par les soins du monarque empressé,
Toujours le vrai mérite était récompensé.
Le peuple ne vit plus des exacteurs perfides
Du fruit de ses labeurs charger leurs mains avides,
Et les impôts offerts aux besoins de l'État,
D'une cour insolente alimenter l'éclat.

L'empereur, toujours grand, quoique simple et modeste,
D'un luxe corrupteur fuyait l'écueil funeste.
Quand Rome eut des revers, au lieu de l'épuiser,
Dans ses propres trésors il se plut à puiser.
Pour elle bravant tout, que voulait-il ? La gloire
D'apporter à ses pieds le prix de la victoire ;

Heureux d'être des siens et le guide et l'appui,
Il faisait tout pour Rome et n'oubliait que lui.

Aux rayons du bon sens épurant sa pensée,
Le Romain sut bannir une fougue insensée,
Abjura la discorde et les proscriptions,
Et n'arma plus son bras au gré des factions.
Rome, antique séjour de sang et de misères,
Semblait dans ses remparts n'enfermer que des frères;
L'empereur se montrait parmi ses habitants
Tel qu'un père chéri qu'entourent ses enfants.
A compter ses bienfaits, ce n'était plus un homme,
Un prince, un empereur : c'était un dieu pour Rome,
Qui semblait adorer son règne glorieux,
Et recevait ses lois comme un bienfait des cieux.
Toutefois ce héros, sourd à la flatterie,
Refusa les autels offerts par la patrie,
Honneurs que redoutait sa sévère raison,
Et dont un vil sénat avait comblé Néron.
Il fuyait d'un tyran le sacrilége exemple.
« La vertu, disait-il, doit obtenir un temple ;
Mais ce temple est le monde... Idole des bons cœurs,
Elle a les gens de bien pour sacrificateurs. »

D'un monarque aussi sage adoptez les maximes,

O mon prince! marchez sur ses traces sublimes,
Que le bonheur public soit l'objet de vos vœux.
Rendre heureux ses sujets, c'est soi-même être heureux.

Paris, 1812.

CHÉOPS.

HISTOIRE ÉGYPTIENNE.

FRAGMENT INÉDIT

DES ADIEUX DE FÉNELON AU DUC DE BOURGOGNE.

S'il surgit des tyrans, si, muette victime,
Le peuple sous ses yeux voit triompher le crime,
Qui doit-il accuser? Les vils adulateurs,
Des maîtres de la terre infâmes corrupteurs.
Un monarque était né bon, généreux et sage ;
Par degré dans son cœur leur voix se fit passage,
Et bientôt, engagé sur les pas des tyrans,
Il immola le peuple au caprice des grands.

Rome même, oubliant les dieux de la patrie,
Fatigua les Césars de son idolâtrie ;
Aux autels d'un Néron son vil encens brûla ;

On fit dieu le cheval du fou Caligula.

Vespasien, raillant cette bassesse extrême,
Fit entendre ces mots à son heure suprême :
« Je veux mourir debout, qu'on me soutienne un peu,
Car je sens que bientôt je vais devenir dieu... »
Il expire, et le monde en lui voit un grand homme.

L'Égypte se montrait moins servile que Rome.
Avant que d'accorder une tombe à ses rois,
A l'estime publique elle pesait leurs droits.
La plainte au fond des cœurs ne restait point captive.
De leur règne, au milieu de la foule attentive,
On livrait au grand jour les faits les plus cachés ;
Tous les voiles menteurs en étaient arrachés.
Le plus humble sujet, au nom de la justice,
Pouvait faire tonner sa voix accusatrice ;
De zélés défenseurs s'expliquaient à leur tour,
Puis des juges prudents prononçaient sans retour.

Ce Chéops qui, prenant sa vanité pour guide,
Près du Caire éleva la grande Pyramide,
Voulait, pour vivre encor dans un long souvenir,
Se donner un tombeau vainqueur de l'avenir.
Il mourut, et sa cendre, avec pompe entourée,
De l'asile funèbre allait franchir l'entrée ;

Dans la foule on s'écrie : « Anathème à ce roi ! »
Le cortége s'arrête... « Oui, je l'accuse, moi,
Dit un homme du peuple avec un front sévère ;
Le ciel nous le donna dans un jour de colère...
Ce superbe tombeau, par l'orgueil élevé,
Que vingt ans de sueurs ont à peine achevé,
Et dont la masse insulte à l'Égypte asservie,
Trois cent mille sujets l'ont payé de leur vie...
Aux cendres de Chéops qu'il ne soit point ouvert ;
Sous un sceptre d'airain le peuple a trop souffert...
De Chéops qui de vous veut prendre la défense ?
Je suis prêt à répondre... » Alors profond silence.
Puis un murmure sourd, murmure solennel,
Fait entendre ces mots : « Chéops fut criminel.
Juges des rois, parlez ! Il nous tarde d'apprendre
L'auguste arrêt qu'ici votre équité va rendre... »
Le tribunal, d'un ton rempli de gravité,
Répond : « Que dans le Nil ce prince soit jeté ! »

De Chéops à jamais la gloire fut ternie ;
Sa mort fut le signal de son ignominie,
Et d'un roi dont le cœur nourrissait tant d'orgueil,
L'eau fangeuse du Nil fut l'ignoble cercueil.

Paris, 1842.

RICHELIEU.

HISTOIRE DE FRANCE.

FRAGMENT INÉDIT

DES ADIEUX DE FÉNELON AU DUC DE BOURGOGNE.

———

Quand de Protésilas peignant la tyrannie,
D'un ministre pervers j'accusais le génie,
Je taisais, dans un livre ouvert à tous les yeux,
Des noms où se mêlait celui de vos aïeux.
Par ces ménagements ma franchise blessée
Ne laisse plus ici de voile à ma pensée,
Prince, et, bien qu'au pardon j'éprouve un doux penchant,
Je m'écrie aujourd'hui : Point de grâce au méchant !
La France dans Louvois ne vit jamais un traître ;
Mais, superbe, il voulut commander à son maître.
Son orgueil, dont l'excès aux guerres donna lieu,

Son orgueil rappela celui de Richelieu.

Richelieu !... je frémis quand ma bouche le nomme,
Richelieu fut habile ; était-il honnête homme ?
Du fond de son tombeau, l'évêque de Luçon
Aux rois semble adresser cette grave leçon :
« Parvenu par l'intrigue au timon des affaires,
Substituant aux lois mes ordres arbitraires,
Dépravé dans mes mœurs, sans frein dans mes désirs,
Je passais à mon gré des forfaits aux plaisirs.
J'ai su plier au joug les hameaux et les villes.
J'ai fait mon piédestal des discordes civiles,
Et, jusques à mon maître inspirant de l'effroi,
J'ai décimé les grands conjurés contre moi.
Devant moi pâlissait l'éclat du diadème.
Ministre, j'effaçai le monarque lui-même,
Je traînais à mon char Louis irrésolu,
Et maudissant tout bas mon pouvoir absolu.
Montmorency, Cinq-Mars et tant d'autres victimes
Payèrent de leur sang mon orgueil, non leurs crimes.
Dans Ruel accouru, le juge obéissant,
Par mon ordre, à la mort condamnait l'innocent.
Il réclamait en vain ; d'un tribunal servile
L'oreille était fermée à sa plainte stérile ;
L'échafaud se dressait pour cet infortuné ;

Les bourreaux étaient là… je l'avais ordonné.

« Potentats, voulez-vous gouverner avec gloire?
De mon ambition conservez la mémoire,
Et sachez contenir de votre bras d'airain
Tout ministre usurpant le pouvoir souverain. »

La soif de l'or, la soif d'honneurs illégitimes
Au cœur de Richelieu fit germer tous les crimes,
Quand Suger resta seul l'interprète des lois,
Sans avancer la main vers le sceptre des rois.

Jadis Fabricius, Phocion, Aristide,
Dédaignèrent cet or cher à l'homme cupide.
Simples, dans leurs vertus ils plaçaient leur orgueil.
Morts pauvres, c'est l'État qui paya leur cercueil.

Paris, 1812.

LE TOUPET [1].

―――――

I.

Un front paré me plaît ; mais de la chevelure
Dont les anneaux soyeux ornent votre figure,
Et de votre habit noir caressent le collet,
Ce que j'aime le mieux, messieurs, c'est le toupet.
La touffe de cheveux qui couronne un visage
Fut toujours en faveur jusque chez le sauvage.
Le toupet siérait même au front chauve d'un Czar.
Un laurier fut jadis le toupet de César.

[1] Discours prononcé dans la cent-douzième séance publique de l'Athénée des Arts, Sciences et Belles-Lettres de Paris, le dimanche 24 avril 1842.

II.

Le Chinois, que sans peine opprime l'Angleterre,
Avec de beaux cheveux défendrait mieux sa terre ;
Mais, hélas ! qu'espérer de ce peuple tondu,
Au premier coup de feu s'enfuyant éperdu?
Des peuples sans toupet l'âme semble amoindrie.
Les peuples chevelus adorent leur patrie ;
En présence du glaive ils ignorent la peur,
Et regardent la mort sans changer de couleur.
Le toupet, du courage est l'éloquent symbole.
Nos pères les Gaulois ont pris le Capitole.
Samson perdit sa force en perdant ses cheveux.
Un tondu ne pouvait régner sur nos aïeux.

III.

Le toupet par les yeux arrive jusqu'à l'âme,
Où s'allume en secret une rapide flamme ;
Mais comment voulons-nous qu'on réponde à nos vœux,
Quand notre front n'a plus que de rares cheveux?
Ce front, chêne sans feuille, est comme la trompette
Sonnant pour le vieillard l'heure de la retraite ;

Mais il veut être jeune, il court chez le coiffeur
Acheter un toupet, simulacre flatteur,
Puis l'amour le ramène aux genoux de sa belle.
Bonhomme, prenez garde ! une mèche rebelle
Échappe, longue et blanche, à ce beau réseau noir
Où votre amour crédule a mis son doux espoir.

Et puis, si vous n'avez au front une couronne,
Vieillard, n'ayez jamais dispute avec personne.
Les rois ont des soldats qui se battent pour eux ;
Mais de simples bourgeois se prennent aux cheveux,
Depuis que le duel, que la police enchaîne,
Aux pieds d'un tribunal tristement vous amène.
Quelle honte pour vous qu'un rival inhumain
Vînt à crier : Victoire ! un toupet dans sa main,
Vieillard, vous comprenez.... aussi vous serez sage,
Et prudemment à tous vous ferez bon visage.
Vous saurez, sans murmure, essuyer un affront,
Plutôt que de risquer l'honneur de votre front.
A vos dépens rirait la moqueuse assistance :
Ce rire est ce qu'on craint par-dessus tout en France.
On raillait autrefois et l'on raille aujourd'hui ;
Mais personne ne veut qu'on se moque de lui.

IV.

Vous avez vu mon front armé d'une perruque ;
Ce mobile attirail tenait peu sur ma nuque.
Lorsque je m'animais, on la voyait souvent
Qui, roulant tour à tour ou derrière ou devant,
Découvrait par caprice ou cachait mon oreille ;
Moi, d'y porter la main. D'une lutte pareille,
Le public sans façon riait autour de moi,
Et je riais aussi ; puis, sans aucun émoi,
Je suivais mon discours, dans la seule pensée
D'achever de mon mieux la phrase commencée.
J'ai fini par jeter cette perruque au feu,
Et pourtant quelquefois je la regrette un peu ;
Elle me préservait des toux et des catarrhes
Que le souffle du Nord rend chaque jour moins rares.
J'y reviendrai ; déjà je me sens tout chagrin
De parler du toupet, front nu comme la main.
Un front chauve commande un respect véritable,
Oui ; mais le mien me semble un peu trop respectable
Je voudrais... ce sont là des souhaits superflus,
Avoir trente ans de moins et des cheveux de plus.

v.

Louis quatorze, fier sous sa perruque immense,
Eut un toupet rival de sa haute puissance,
Et les grands de sa cour, adulateurs soigneux,
Imitaient à l'envi l'ampleur de ses cheveux.
D'un faste exagéré la pompeuse imposture
Insultait follement aux lois de la nature ;
Mais la grosse perruque, aux anneaux entassés,
Vit, dans l'âge suivant, ses honneurs abaissés.
Le Français, né volage et d'une humeur facile,
Obéit à la mode en esclave docile.
Tel on l'a vu sans cesse à la ville, à la cour.

On se souvient encor du toupet Pompadour.
De ses flocons neigeux une poudre factice
Venait en couronner le fragile édifice.
Le toupet, pour rival n'ayant que le chignon,
S'élevait cimenté de graisse et d'amidon.
Des salons de Paris la porte était trop basse ;
Au toupet le plafond semblait demander grâce.
Quand un toquet là-haut s'était venu percher,
On l'eût pris pour un coq au sommet d'un clocher.
Qui le croirait pourtant ? un engoûment burlesque

Voudrait ressusciter cette mode grotesque !
De regrets sérieux nous sommes les témoins.
Faut-il pour s'enlaidir s'imposer tant de soins ?

Si l'on veut suivre en tout un aveugle caprice,
Et de gaîté de cœur se vouer au supplice,
Qu'on rétablisse donc le long Mentor d'acier,
Le dur vertugadin, le caverneux panier,
La taille subissant sa prison de baleine,
Le poumon rétréci ne respirant qu'à peine,
Le masque de velours et les talons pointus
Rendant de jolis pieds chancelants et tortus.
Que dis-je ? la nature à ces lois vous rappelle,
O femmes ! répondez à sa voix maternelle.
Elle permet à l'art d'ajouter à ses dons,
Mais non de l'outrager par d'éternels affronts.

VI.

Des cheveux à frimas ne sont qu'une folie.
C'est dans votre intérêt que je vous en supplie,
Mesdames, la nature a de puissants secrets ;
Apprenez surtout d'elle à doubler vos attraits.
J'aime à voir, s'enlaçant de fleurs délicieuses,

Tomber d'un jeune front des boucles gracieuses.

En parure aujourd'hui le beau sexe éclairé

Possède l'art de plaire au suprême degré.

Des tresses conservant leur couleur franche et pure

Gardent aux jeunes cœurs une victoire sûre,

Quand des cheveux blanchis, cardés et pommadés,

Sans un juste dégoût ne sont point regardés.

Vous, jeunes gens, prenez Apollon pour modèle;

De ce dieu la coiffure au bon goût est fidèle;

Si son génie, hélas! ne revit presque en rien,

Qu'au moins votre toupet nous rappelle le sien.

VII.

Au surplus, parmi nous, notez-le, je vous prie,

De ce mot de *toupet* l'acception varie.

Nous disons de quelqu'un dont l'audace nous plaît,

Qu'il est homme de cœur et qu'il a du *toupet*.

Nous admirons parfois jusques au téméraire

Qui devant les puissants montre du caractère,

Et parfois le rusé qui, dans un grand conflit,

Repousse un argument avec un trait d'esprit.

Accusé, montre-t-il cette noblesse d'âme

Qui fait que le vrai sage ose affronter le blâme?

Pas toujours; mais je dis qu'en plus d'un mauvais cas,
Il sait, avec du front, se tirer d'embarras.

VIII.

Aux dépens du coton venir vanter la soie
Dont l'orgueil chatoyant sur un front se déploie,
Préférer, pour dormir, le *foulard* au *bonnet*,
Je ne le cache point, c'est avoir du toupet [1].

IX.

En a-t-il moins l'auteur qui, d'une audace extrême,
A pour talent celui de se prôner lui-même,
Et qui, dans vingt journaux, effrontément glissa
L'article admiratif que sa plume traça ?

X.

Il est tel orateur qui remplit la tribune

---

[1] Ces quatre vers ont été improvisés dans la réponse aux attaques de
M. Nibelle, auteur d'une pièce intitulée : *le Foulard.* Cette espèce de
duel poétique, où le bonnet de coton est resté vainqueur du foulard, a
eu lieu le mercredi 10 juin 1842, à l'Athénée royal de Paris.

Du bruit de son amour pour la cause commune,
Puis, faisant bon marché de son beau dévoûment,
A de vils intérêts immole son serment.
Hier, plein de chaleur et même de colère,
Aujourd'hui, le voilà d'opinion contraire.
Hier, comme aujourd'hui, sa faconde a brillé.
Quel toupet! l'auditoire en est émerveillé.

XI.

Toupet veut dire aussi l'excessive impudence
Qu'offrent tant de faquins dans notre belle France,
Comme nous le font voir d'orgueilleux parvenus,
En calèche oubliant qu'ils ont marché pieds nus.
Quelle vertu les suit au sein de la richesse?
Chez eux l'âme est livrée à cette sécheresse
Qui, parmi leurs splendeurs, fait que le malheureux
Sans leur causer d'émoi va pleurer devant eux.

XII.

L'audace quelquefois vient en aide au génie.
Un jour, Napoléon, dans les champs d'Italie,
Avec peu de soldats dut soutenir l'effort

De nombreux ennemis favorisés du sort.
Ils marchaient enivrés d'orgueil et d'espérance;
Bonaparte veillait sur l'honneur de la France.
Voyant fondre sur lui ces masses de Germains,
« Arrêtez! cria-t-il, vous êtes dans mes mains;
Bas les armes! sinon je vous réduis en poudre.... »
Wurmser, tout stupéfait, ne sait plus que résoudre,
Il pâlit, du tonnerre on le croirait frappé...
De son propre captif, à sa perte échappé,
La menaçante voix l'épouvante et l'abuse.
Il se croit entouré, victime d'une ruse.
Il tremble en faible oiseau surpris dans un filet.
Bonaparte triomphe.... En voilà du toupet!
Mais du moins celui-là mérite la louange;
On aime un trait hardi qui nous sauve et nous venge.
Quand une feinte évite un déluge de maux,
Cette feinte sublime est digne d'un héros.

Je m'arrête, je crains en bonne conscience
D'avoir trop abusé de votre patience;
Car, pour m'étendre ainsi sur un pareil sujet,
Quoique chauve, on pourra me trouver du toupet.

PLUS DE VERS[1]!

—

I.

Me voilà devant vous, et chacun me regarde.
Qu'attendez-vous de moi? des vers? Oh! je n'ai garde,
Moi qui désire tant plaire à tous aujourd'hui,
De distiller pour vous les pavots de l'ennui.
Ah! je le sais trop bien, la poésie est morte.
Paraît-elle? chacun tourne l'œil vers la porte,
Et, donnant à l'auteur les plus drôles de noms,
Voudrait pouvoir aussi lui tourner les talons;
Mais il est retenu par cette bienséance
Qui défend d'exprimer tout net ce que l'on pense.

[1] Cette pièce a été lue dans une séance publique de l'Athénée des Arts, le 26 décembre 1841.

Dissimulant sa peine en ce jour de revers,
Il lui faudra subir le supplice des vers.
Il maudit le rimeur et toutes les merveilles
Qui viennent sans pitié fatiguer ses oreilles.
Quel fatal guet-apens! Sur sa chaise cloué,
Il enrage en secret... De tout Dieu soit loué!

Je vous sauve aujourd'hui cette affreuse torture.
Plus de vers! c'est agir dans cette conjoncture
Avec la charité, règle d'un bon chrétien,
Qui dans vos déplaisirs ne veut être pour rien.

II.

Nous nous connaissons peu; quel ton pourrais-je prendre?
A deviner vos goûts je ne saurais prétendre.
Vous vous nommez Public; ce nom tout solennel
Me cause, je l'avoue, un embarras cruel.
Le Public est formé d'éléments dissemblables,
C'est un nouveau Protée aux traits insaisissables.
Ses bontés, ses rigueurs, sont l'effet du hasard.
Le Public est partout sans être nulle part.
C'est vous, c'est lui, c'est moi, c'est tous, ce n'est personne.
Sa forme du matin, le soir il l'abandonne.

Que de Publics divers ! Lorsque l'un vous sourit,
De l'autre le regard se trouble et s'assombrit.

III.

Tel Public, que déride un langage frivole,
N'écoute qu'en bâillant une grave parole.
Allez donc lui parler de mœurs et de vertu,
Vous lirez son ennui dans son air abattu.
Vous serez vrai, touchant, beau, sublime, peut-être,
Et vous aurez jeté votre or par la fenêtre.
Les perles que sans fin votre main répandra
Seront trésors perdus ; qui les recueillera ?
« Nous, monsieur. Croyez-vous que de cette assemblée
La saine raison soit tout à fait exilée ?
— Non, messieurs ; dans vos rangs je crois apercevoir
Beaucoup de gens d'esprit, de goût et de savoir.
— Alors lisez vos vers. — Moi ? dans quelle espérance ?
Je vous l'ai déjà dit, la Poésie en France
Est morte ... — Prenez soin de la ressusciter.
— Plus habile que moi n'oserait s'en flatter.
— Abordez hardiment un sujet politique.
— Non, certes ! le succès est trop problématique.
Les yeux du magistrat sont tout larges ouverts,

Et pourraient s'offusquer de la couleur d'un vers.
Les différents partis qui divisent la France
N'aiment pas qu'un rimeur froisse leur espérance.
Quel contraste ! Tandis que l'un paraît touché,
L'autre allonge la griffe ainsi qu'un chat fâché.
La Politique! moi, je la fuis d'une lieue ;
Ce serpent mord le pied qui marche sur sa queue.
Et quel autre sujet puis-je traiter ici ?
On est de glace, et moi, le froid me gagne aussi. »

IV.

Maint vulgaire auditeur ne trouve de délices
Qu'aux sensualités, objet de ses caprices.
Dés, bouillotte, boston, festins, bals et concerts,
Voilà ce que son goût préfère aux plus beaux vers.
Si je conte gaîment quelque bouffonnerie,
De mes joyeusetés il se peut que l'on rie ;
Mais un homme de sens trouve peu de douceur
A jouer en public le rôle de farceur.

V.

Devant des assistants qui me font bon visage,

Je n'ai qu'à m'applaudir de mon heureux partage;

Ici mon œil charmé ne voit que gens de bien.

Tout langage blessant ne les regarde en rien ;

Mais il pouvait m'échoir, et j'en tremblais d'avance,

Des juges au cœur froid, sec et sans indulgence,

Et sur eux, sur eux seuls, j'ai tiré tout d'abord ;

Il est bien entendu que les absents ont tort.

S'ils étaient là, messieurs, en leur parlant en face,

Je saurais déployer une héroïque audace.

« Insensés, leur dirais-je, il vous faut de grands noms,

Pour qu'un auteur vous plaise et que ses vers soient bons.

Vous voulez, avant tout, savoir comment s'appelle

Celui qui vient vous lire une pièce nouvelle.

Il a des croix, un rang, des fermes, des châteaux,

Donc il a du génie, et tous ses vers sont beaux.

A peine parle-t-il, vous voilà dans l'extase,

Et votre enthousiasme augmente à chaque phrase.

Son jargon nébuleux, l'avez-vous bien compris?

Non ; mais de son talent vous êtes tous épris.

Toujours pour ses défauts quelque nouvelle excuse.

De cris adulateurs vous saluez sa muse.

Vous ne savez comment exprimer votre amour.

Qu'un poëte inconnu se présente à son tour,

A peine obtiendra-t-il cette froide parole :

— Style racinien ; c'est de la vieille école.

Cette élégance-là plaisait à nos aïeux.

Elle n'est plus de mode; aujourd'hui l'on fait mieux.

—Eh bien ! supposez-lui cent mille écus de rente,

Un nom qui brille aux yeux de la foule ignorante,

Un rang qui des flatteurs appelle l'encensoir,

Vingt journaux le prônant du matin jusqu'au soir,

Alors vous trouverez, auditeurs bénévoles,

Des perles, des rubis, dans ses moindres paroles,

Supposez…. supposez…. cela coûte si peu !

En faire un immortel pour vous serait un jeu,

Qu'il soit dieu ! Dressez-lui les autels qu'il réclame. »

C'est ainsi qu'exhalant des paroles de blâme,

Aux absents aveuglés par une folle ardeur,

Je dirais sans détour ce que j'ai sur le cœur.

VI.

Au surplus, quel que soit le public qui m'écoute,

Prudent, je ne dois point vous suivre dans la route

Où votre voix m'appelle, en demandant des vers

Qui pourraient m'attirer des regards de travers.

Des vers ! on n'en veut plus… J'en ai le deuil dans l'âme.

Contre ce deuil j'entends une voix qui réclame :

« Les vers, dit-on, jamais ne furent plus nombreux.

On en publiait moins aux temps les plus heureux.

—D'accord; mais autrefois chacun daignait les lire.

On délaisse à présent le poëte et sa lyre.

—Point du tout : regardez les succès éclatants

De deux ou trois rimeurs, gloire de notre temps.

C'est à qui souscrira pour leurs œuvres complètes.

Ils triomphent.... —C'est vrai; mais combien de poëtes

Recueillent, pour tout fruit d'un délire fatal,

L'unique espoir d'aller mourir à l'hôpital !

Leurs tristes jours ne sont qu'une longue agonie.

Jamais un feuilleton n'exalte leur génie.

S'ils étaient grands seigneurs, comme ils seraient fêtés !

Ils ne seraient point lus, mais toujours plus vantés. »

VII.

Vos lumières, messieurs, méritent mon hommage ;

Pourtant je garde encor je ne sais quel ombrage :

L'opinion, l'exemple et des noms favoris

Ont un certain pouvoir sur les meilleurs esprits.

Je crains que le torrent, dont le flot roule et gronde,

N'entraîne, malgré vous, votre raison profonde,

Et que des auditeurs, qu'un grand fracas séduit,

Ne doutent d'un talent qui ne fait pas de bruit.

VIII.

Je bénis de bon cœur le Destin qui me donne
Le Public bienveillant dont ce jour m'environne ;
Mais, si mon auditoire est équitable et bon,
Je ne suis pas méchant. Ainsi donc, sans façon,
Arrangeons-nous ; l'accord est une douce chose.
Voici naïvement celui que je propose :

Je vous lirai mes vers, vous les écouterez.
Qu'ils soient bons ou mauvais, vous les applaudirez.
« Impossible. — Messieurs, je conçois vos scrupules,
De tels arrangements vous semblent ridicules ;
Pourtant écoutez-moi, votre avis peut changer.
Un peu de bon vouloir, et tout va s'arranger.
Songez que l'indulgence est d'essence divine,
Et que j'attends de vous ma gloire ou ma ruine.
Songez que vos bontés, appui de mes travaux,
Jetteraient un vernis jusque sur mes défauts.
Des bravos répétés pour moi feraient merveille ;
Mais, hélas ! je le vois, vous secouez l'oreille,
Et vous dites tout bas de moi qui suis tremblant :
« Il hésite... il a peur !... Il est donc sans talent. »

IX.

Mes vers ne sont pas bons, j'ai tout lieu de le craindre,
Mais à les admirer je ne puis vous contraindre,
Je le sais; ainsi donc, messieurs, pour mon honneur
Je me retire, et suis votre humble serviteur.

MON DERNIER ESPOIR.

ÉLÉGIE [1].

La lumière des cieux par degrés m'abandonne,
Autre Œdipe, j'aurais besoin d'une Antigone ;
Mais au sombre sentier que m'ouvre l'avenir,
Quel bras compatissant viendra me soutenir ?

Si la Fortune, émue aux larmes de ma joue,
Eût endormi ma peine au branle de sa roue ;
Si j'avais beaucoup d'or ; si, dans ma noble ardeur,
Je pouvais à mon gré répandre le bonheur ;
Dans mon char une femme à mes côtés assise,
Oublîrait mes vieux ans, de mon fracas éprise ;
Mais, jeté dans la foule au milieu du chemin,

[1] Lue dans une séance publique de l'Athénée des Arts, Sciences et Belles-Lettres de Paris.

Isolé, je me traîne un bâton dans la main.

Gourmandant ma lenteur, d'un regard qui flamboie,

Le passant empressé me pousse et me coudoie;

Son cœur est sans pitié pour mes pas chancelants,

Sans pitié pour mon front semé de cheveux blancs.

Dans nos temps dépravés l'honorable vieillesse

N'obtient plus ces égards, sa première richesse.

Le vieillard d'à présent, à lui-même importun,

Dans le monde est en proie aux rebuts de chacun.

Le jeune homme, autrefois, perdant sa turbulence,

Devant lui se levait et gardait le silence,

Pour écouter la voix d'un sage dont les yeux

Avaient lu plus avant dans les secrets des dieux,

Et dont l'expérience, au bout de la carrière,

Pouvait sur d'autres pas jeter quelque lumière.

Heureux temps! mais, hélas! de ce riche trésor,

Pour le vieillard, chez nous, que reste-t-il encor?

A ses avis se ferme une oreille orgueilleuse;

D'un air malin sourit la jeunesse railleuse;

Un front chauve est en butte à sa folle gaîté.

Le vieillard chez les morts est d'avance compté;

C'est comme une ombre aux yeux de ce monde frivole.

Avec des souvenirs il faut qu'il se console;

Mais que d'objets aimés il a souvent perdus !

Plus heureux si son cœur ne se souvenait plus,

Ses yeux éteints auraient à verser moins de larmes.

Contre ses maux l'oubli lui fournirait des armes.

Qu'ai-je dit? trop souvent un deuil toujours nouveau

Et l'accable et le suit jusqu'au seuil du tombeau.

Combien de fois la Mort, dont le glaive encor brille,

A mes yeux consternés vint frapper ma famille !

Et je vis ! et j'ai pu surmonter ma douleur !

Je devais épuiser la coupe du malheur,

Je l'ai fait. Quel espoir peut me rester encore?

Chaque jour l'horizon pour moi se décolore.

L'astre dont les rayons brillent pour mes rivaux,

D'un oblique regard accueille mes travaux.

Ma droiture déplaît ; le puissant désavoue

Qui ne veut point prier, un genou dans la boue.

La poésie, objet de mes plus doux transports,

N'offre que l'indigence à mes nobles efforts.

Encore si la gloire, étalant ses merveilles,

Du mérite venait récompenser les veilles !

Mais non; la palme éclose à son souffle brûlant

Est le prix du manége et non pas du talent.

C'est trop souffrir ; mais quoi ! des miens je vois la cendre...

Au-cercueil, à mon tour il est temps de descendre,
De rendre un doux repos à mon cœur alarmé,
Et de rejoindre enfin ce que j'ai tant aimé.
Quelques pleurs mouilleront ma modeste poussière.
Cet espoir me console au bout de ma carrière.
Vous qui me garderez un tendre souvenir,
Cœurs généreux, je dois d'avance vous bénir.

Paris, 1835.

ADIEU TOUT!

ÉLÉGIE [1].

Plus de soixante hivers ont passé sur ma tête.
Dans mes veines mon sang et se glace et s'arrête.
D'avance mon oreille écoute sans effroi
L'heure où tout dans ce monde aura cessé pour moi.
J'irai, comme à tâtons, chercher ce grand Peut-Être
Que d'autres avant moi n'ont pas su mieux connaître.
Oui, pendant soixante ans je regardai sans voir,
Et, comme Fénelon, j'appris sans rien savoir;
Des humains l'ignorance est le triste partage.

La vie est-elle donc un si grand avantage?

[1] Lue dans une séance publique de l'Athénée des Arts, Sciences et Belles-Lettres de Paris.

A quel titre peut-elle exciter mes regrets?

Rose flétrie, elle a perdu tous ses attraits.

Que m'offre-t-elle encor vers la terre penchée?

Ses épines sans nombre et sa feuille séchée.

Son sein ne s'ouvre plus aux zéphyrs caressants;

Son éclat, ses parfums n'enivrent plus mes sens.

La vie est une fleur que le matin colore,

Et qui meurt sans espoir d'une seconde aurore.

Quel cortége de maux vient soudain l'entourer!

Qu'est-ce que vivre enfin? C'est souffrir et pleurer.

Ah! que devient alors cette route embaumée

Des rêves du jeune âge embellie, animée!

Les cieux étaient sereins; des tableaux séduisants,

Douces illusions. charmaient mes premiers ans.

Sur la foi des zéphyrs ma barque s'est lancée,

Puis l'aquilon fougueux l'a brusquement poussée.

Les flots ne m'ont offert qu'un éternel écueil.

Des tempêtes partout!... Mon port est le cercueil.

Adieu, muse! adieu, gloire! impuissantes idoles

Qui m'avez trop bercé d'espérances frivoles!

Adieu, doux souvenirs de jeune âge et d'amour!

De mon cœur il me faut vous bannir sans retour,

Oui, sans retour.... Adieu, mystérieux bocage,

Frais gazon, clair ruisseau, serpentant sous l'ombrage

Grotte sombre où deux cœurs, dans des temps plus heureux,
Venaient secrètement échanger leurs aveux.
A peine descendu sur l'éternelle rive,
Les vivants oublîront mon ombre fugitive.
Le lendemain du jour marqué pour mon trépas,
Leurs pas effaceront la trace de mes pas.
Adieu tout!... Si pourtant un jour quelque âme tendre
Se souvient de ma vie, et respecte ma cendre,
Lorsque sur mon cercueil elle viendra prier,
Qu'elle donne au poëte une larme, un laurier!

Paris, 1835.

TABLE DES MATIÈRES.

ERRATA.

———

Page 13, vers 4. *Au lieu de :* ce mutuel amour; *lisez :* ce fraternel amour.

Page 15, vers 11. *Au lieu de :* qui pleure et crie en vain ; *lisez :* qui pleure et prie en vain.

Page 60, vers 12. Supprimez le signe — qui précède ce vers :

— Parlez, parlez, je veux savoir.

Page 61, vers 4. Après ce vers :

De tous les calembours ceux que le plus j'admire,

lisez ce vers qui a été oublié dans la copie :

Si pourtant d'un éloge ils méritent les frais.

Page 177, vers 1ᵉʳ. *Au lieu de :* aillent river les fers ; *lisez :* aille river les fers.

Page 224, vers 11. *Au lieu de :* buvze ; *lisez :* buvez.

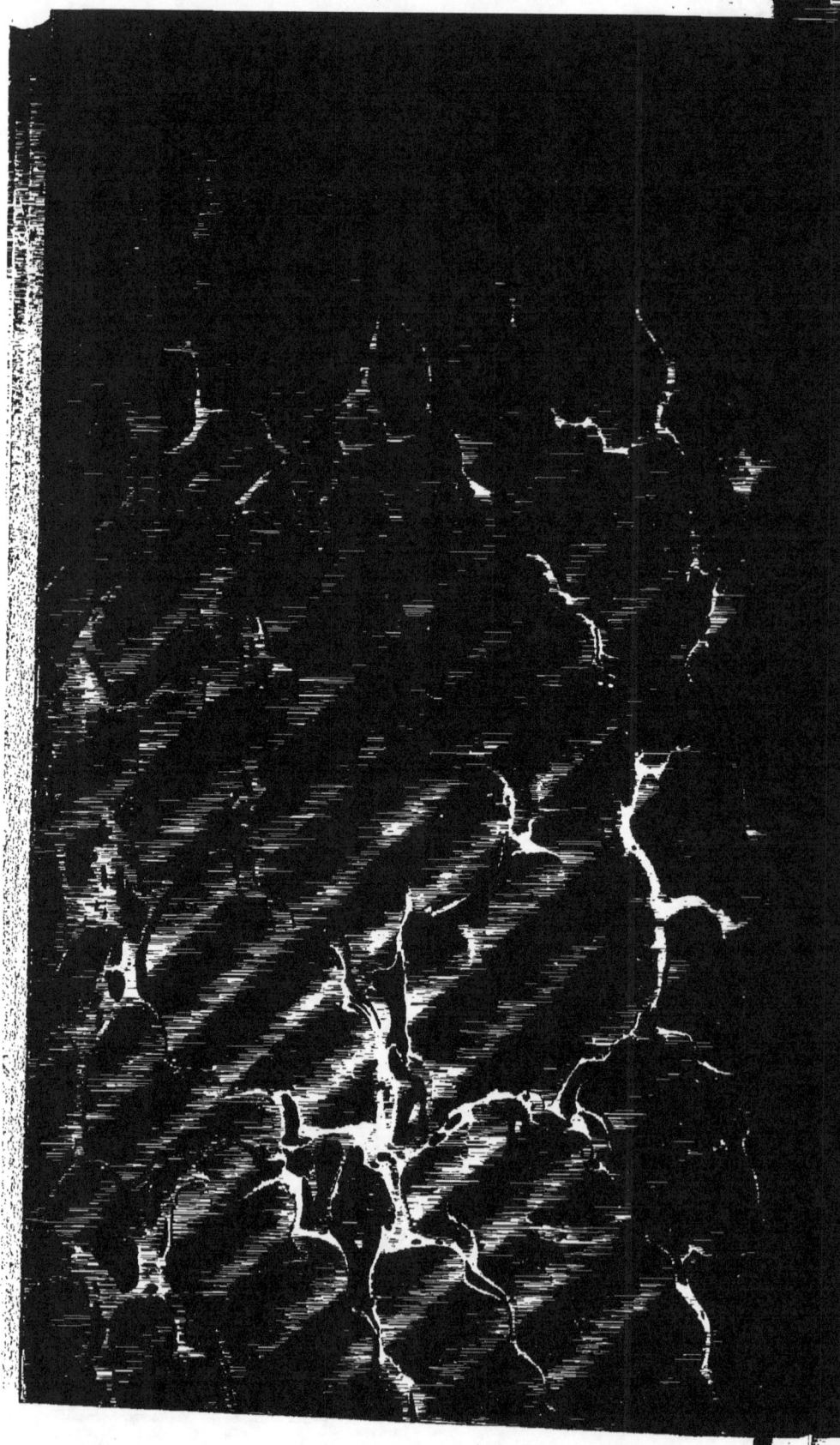

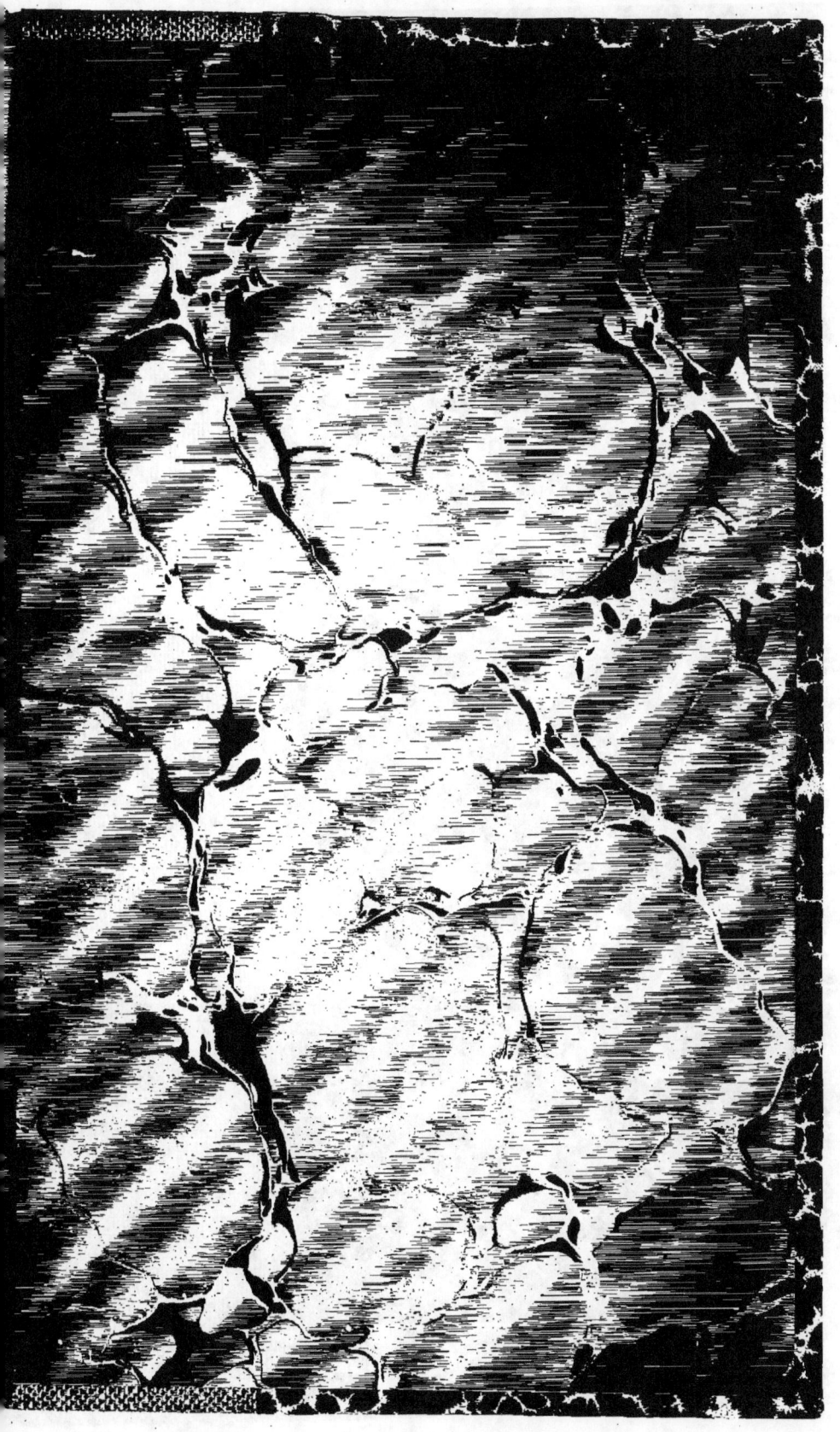

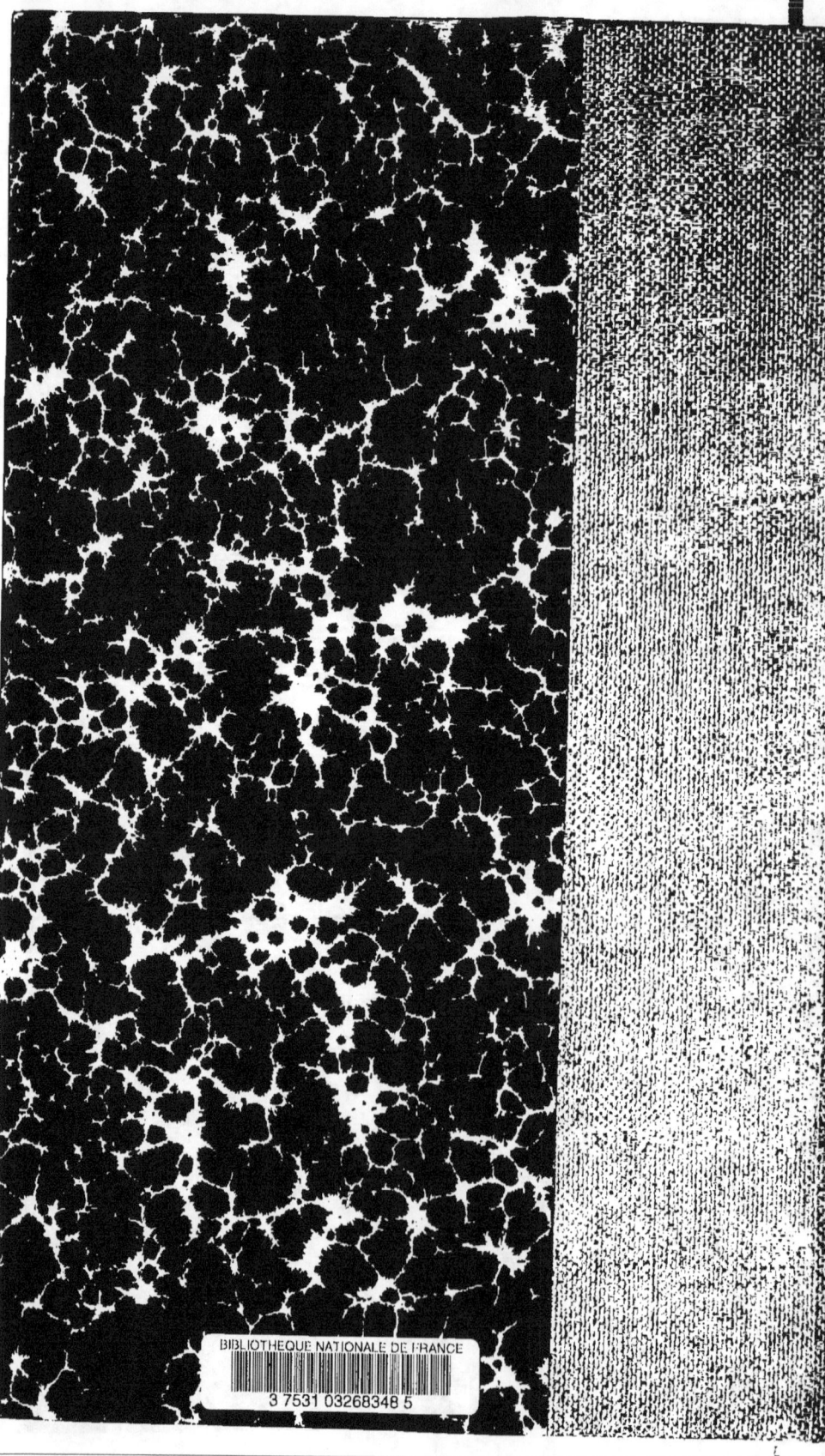

www.ingramcontent.com/pod-product-compliance
Lightning Source LLC
Chambersburg PA
CBHW050142030726
47505CB00005B/1194